JN114017

小説②巻購入者特典
『イケナイ猫耳メイドさん』
イメージイラスト

みわべさくら描き下ろし
オリジナルイラスト

小説①巻収録挿絵
特別カラー版

IKENAIKYO
CHARACTER
DESIGN
BY MIWABE SAKURA
小説版のイラスト担当
みわべさくら先生の
キャラクターデザイン資料を
特別公開！
アレン・
クロフォード
近隣住民に「魔王」と
呼ばれ恐れられてい
る魔法使い。だが本
当は、人嫌いのお人
好し。名門・アテナ
魔法学院を史
上最年少の12
歳で卒業し
た天才。
ルゥ
高位魔物で超希少種
のフェンリル。手負
いのところをアレン
たちに助
けられる。
※イラストは
小説①巻
カバーイラスト
シャーロット・
エヴァンズ
ニールズ王国第二王子
の元・婚約者にして公
爵令嬢。無実の罪で国
を追われ、アレンの屋
敷の森で行き倒れてい
た。住み込みメイドの
名目でアレンの屋敷に
住むことになった。

ミアハ・
バステトス
「迅速・安全・超かわいい」がモットーのサテュロス運送社所属の配達員。アレンの屋敷への配達を担当している。
コートなし
フードなし
マントに
アップリケを
つけています
人型化する魔法によって
ゴウセツが化けた姿。
エルーカ・クロフォード
アレンの義妹。親を亡くしたアレンが引き取られたクロフォード家の娘。魔法道具技師見習い。
ゴウセツ
泣く子も黙る地獄カピバラ。シャーロットに執心していて、シャーロットのためとなれば少々やりすぎてしまうことも。

リディリア・エヴァンズ
三百年前のニールズ王国で聖女として生きた少女。ある日シャーロットの中に蘇り、アレンの魔法で身体を得た。
制服（女子）
ナタリア・エヴァンズ
シャーロットの腹違いの妹。エヴァンズ家の正統な跡取り。アテナ魔法学院で魔法の才能が開花した。
リーゼロッテ・クロフォード
とても若く見えるが、エルーカの母でアレンの義母。魔物研究の第一人者。
制服（男子）
クリス・エミリオ
アテナ魔法学院の生徒。ナタリアに何かと突っかかってくる。

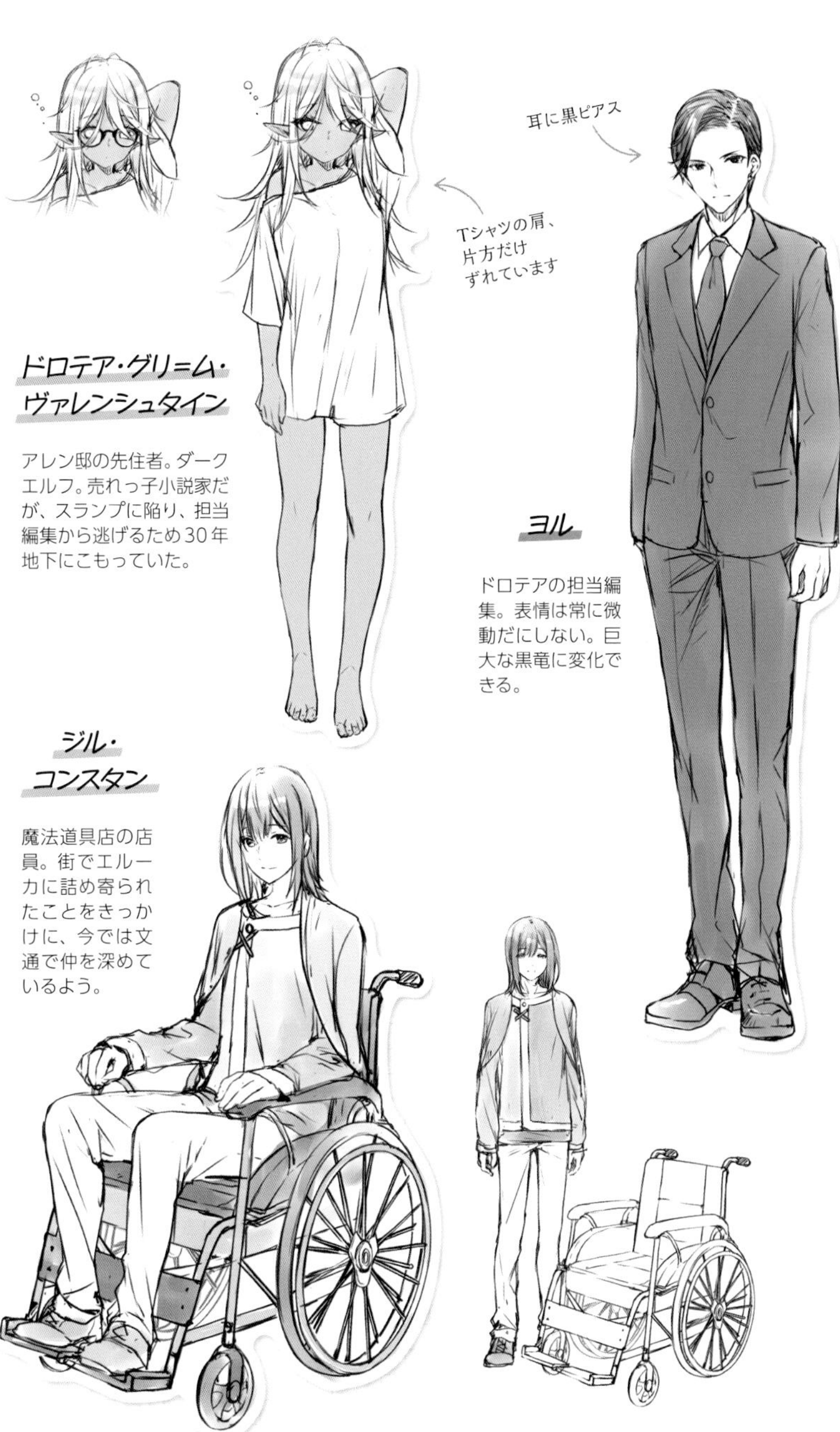

耳に黒ピアス
Tシャツの肩、
片方だけ
ずれています
ドロテア・グリーム=ム・
ヴァレンシュタイン
アレン邸の先住者。ダーク
エルフ。売れっ子小説家だ
が、スランプに陥り、担当
編集から逃げるため30年
地下にこもっていた。
ヨル
ドロテアの担当編
集。表情は常に微
動だにしない。巨
大な黒竜に変化で
きる。
ジル・
コンスタン
魔法道具店の店
員。街でエルー
カに詰め寄られ
たことをきっか
けに、今では文
通で仲を深めて
いるよう。

セシル王子

ニールズ王国の王子。シャーロットの元・婚約者。

コーデリア・エヴァンズ

シャーロットの母が亡き後、若くしてエヴァンズ公爵の後妻になった。

サラマンダー

アレンが卵から育てた魔物。産卵期はアテナ魔法学院のダンジョンにこもっている。

婚約破棄された令嬢を拾った俺が、イケナイことを教え込む

美味しいものを食べさせておしゃれをさせて、
世界一幸せな少女にプロデュース！

IKENAI
SS集
Short Story Collection

目次

CONTENTS

小説1巻　ストーリー紹介

悪の魔法使い、稀代の毒婦を拾うこと

森の奥に住まう人嫌いの魔法使い・アレンは周囲の人々から「魔王」と呼ばれ、恐れられていた。

隠遁生活を送る彼はある日、自宅の森で行き倒れている少女を見つける。人嫌いのくせにお人好しなアレンは、傷だらけの彼女を見捨てることができず、自分の屋敷に連れ帰って看病をすることにした。

眠っているその顔を見て、彼女が最近世間を賑わせている「稀代の毒婦・シャーロット」だと気がついたアレン。だが目を覚ましたシャーロットは、自分は突然婚約破棄をされ、無実の罪で投獄されそうになったところを逃げてきたのだと言う。

シャーロットの目を見て、なんの嘘もないと思ったアレンは、シャーロットの言葉を信じると決める。

いたいけな少女にイケナイことを教え込む

とりあえず、住み込みメイドの名目でシャーロットを雇い、屋敷に匿うことにしたアレン。

ところが一緒に過ごすうち、アレンはシャーロットの言動に引っ掛かりを覚える。祖国でのことを尋ねると、出てくるのは数々のいびられエピソード！

本来ならば、青春真っ盛りの楽しいはずの17歳だというのに、搾取されっぱなしのシャーロットの話を聞いて、アレンは決意する。自分がシャーロットに、この世の全てのイケナイことを教え込む、と。

ふか田さめたろう

小説①巻 こぼれ話

あとがきなどでも触れましたが、構想段階はシャーロットが主役でした。

その設定でためしに書き出したものの行き詰まり、アレンを主役にして書き直したのがこのイケナイ教の始まりです。

アレンは勝手に動いて喋ってくれるので、たいへん助かっております。さめは善良なクソ野郎を書くのが大好きです。

表紙イラストもみわべ先生の描き下ろしで、たいへん華やかです！　シャーロットの笑顔が眩しい……アレンが後方彼氏ヅラで見守っているのもいいですね。

せっかくこうした場所をいただいたので、これまで語れなかったことをつらつら書いていきます。そのうち原作でも触れることばかりだとは思いますが、お付き合いください。

まずは舞台となるアレンたちが住む国について。

この国は人間以外の人種が多く住んでおり、差別もほとんどありません。アテナ魔法学院があるため多種多様な優秀な人材が集まり、亜人や獣人の存在がごくごく当たり前のものとして受け入れられています。

反面、お隣のニールズ王国はガッチガチの人間族国家です。

ミアハの属するサテュロス運送社は仮に仕事をしようと思っても許可が下りません。

そういうわけでシャーロットはこちらの国に来て初めて亜人＆獣人たちと触れ合い、カルチャーショックを受けつつも「モフモフしてみたいです……！」と悶々とすることに。勇気を出して頼み込み、ミアハの耳を触らせてもらって感激したとかなんとか。

いい脇役として出てくる冒険者たちもいろいろな種族がいます。

岩人族のメーガスは妹を養うために魔法学院を中退してこの街に流れ着きました。たいへん可愛がっているため、変な虫が付かないように手下たちにも会わせたことがありません。

妹・マリオンは四巻で登場予定です。このコメントを書いている現在せっせと執筆中！

蛇使いのグローはこの国でそこそこの地位にある貴族の三男坊ですが、前世の記憶があるせいで貴族社会に馴染めず出奔した過去があります。気まずくて実家にはずっと顔を出せずにいましたが、シャーロットと出会って思うところがあったのか、ちょくちょく実家に手紙を出すようになったとか。

アレンがぶちのめした冒険者たちは完全に更生し、それ以降仲間意識が芽生えてパーティの垣根を越えて、よく一緒に飲んだり冒険に出かけたりするようになります。

もともと彼らはライバル意識が強く、パーティ同士で馴れ合うなんてありえないという風潮だったので、これは冒険者ギルドとしても劇的な変化でした。

これまでなら誰も引き受けずに残り続けていたような難易度高めの依頼が彼らによってばんばんクリアされるようになり、この街のギルドは界隈で話題となります。

急成長の秘訣を聞かれたギルド長が「大魔王と女神様が現れたみたいです」と答えてポカンとされました。

こんな感じで、アレンの過保護が街の治安向上に繋がった一巻でした。

イケナイお昼寝

小説①巻
書泉&芳林堂購入者特典

その日はひどくゆったりとした午後だった。

春先の陽光が窓からふんだんに降り注ぎ、屋敷はどこもぽかぽかしている。風も穏やかで、鳥のさえずりも耳に心地よい。

「ふわー……今日は身が入らんな」

リビングのソファーで本を読んでいたアレンだが、盛大なあくびをしてしまった。ゆるやかな眠気のせいで、本の内容が一向に頭に入ってこなかった。読書を諦めて伸びをする。

「ふふ。アレンさんもお日様には弱いんですね」

そんなアレンに、シャーロットはくすりと笑う。はたきを手に、リビングのあちこちを掃除してくれていたのだ。窓から外を覗き込み、うっとりと吐息をこぼす。

「たしかに、ぽかぽかして気持ちのいい日ですよね。お出かけされますか？」

「いや、そんな気力もないし……うーん」

本を閉じて、天井を見上げる。

そうして浮かんだのは――ひどく怠惰な提案だった。

「いっそいっしょに昼寝でもするか？」

「えっ……お昼寝、ですか？」

「うん？」

そこでシャーロットが戸惑いの声を上げる。

そんなにおかしなことを言っただろうかと首をかしげていると、彼女は眉（まゆ）をへにゃりと下げてこう続けた。

「お昼寝って、小さい子供だけがすることなんじゃないんですか？」

「……はあ？」

今度はアレンが戸惑う番だった。

別に特別なことではなく、たかだか昼寝である。大人でも時間が許せばふつうに惰眠を貪る。

しかしそこでハッと気付くのだ。シャーロットがこれまで過ごしてきた環境は決して『ふつう』のものではない。

アレンは恐る恐る、シャーロットに問いかける。

「ちょっと聞きたいんだが……最後に昼寝したのはいつだ？」

「さあ……？」

シャーロットは小首をかしげてみせる。

「おうちでは日中ずっとお掃除をしたり、お勉強をしたりしていたので……空いた時間なんてほんの少しもありませんでした」

「うんうん、そうか、そうか」

それにアレンはにこやかに相槌を打った。

彼女の実家に対する憤りは増す一方だが、それよりもっと高まるものがあった。使命感だ。

「よし、それじゃあ今日の予定は決まりだな」

「それってひょっとして……イケナイこと、ですか？」

「その通り！　今日のイケナイことは……昼寝で決まりだ！」

アレンは勢いよくソファーから立ち上がり、声高に宣言した。


かくして最高の昼寝へ向けた準備が始まった。

ソファーやテーブルなどの家具をどけて、リビングに大きな絨毯を何枚も重ねて敷く。その上に、家にあるだけの毛布やクッションを並べて――完成だ。

「よし、ひとまずこれでいいだろう」

「わあ……ふかふかですねえ」

シャーロットも目を輝かせ、感嘆の声を上げてみせた。

そうしてふたりは靴を脱ぎ、絨毯に向かい合って座る。毛足の長い絨毯は今すぐ転がりたくなるほどの魅力を秘めていたものの、アレンはひとまずシャーロットにこんこんと昼寝を説く。

「いいか、シャーロット。昼寝というのは……子供だけに許された特権ではないんだ」

「そ、そうだったんですか？」

「うむ。そして大人にとっては、この上なく贅沢な時間となる」

子供も多忙ではあるものの、大人はそれ以上にやるべきことが多い。仕事や家事に、勉強などなど。

だからこそ、そうした煩わしい物事を放っぽり出して、昼間から惰眠を貪るというのは、ひどく甘美な贅沢となるのだ。

「だから今日は全力で昼寝を楽しむぞ！」

「でも私、まだ今日のお掃除が終わっていなくって……」

「そんなものはあとで俺がやる！　おまえの今日の仕事は昼寝だ！」

「それって本当にお仕事と呼べるんでしょうか……？」

シャーロットは納得いかなそうにしていたが、アレンの押しの強さを知っているからか、それ以上は反論しようとしなかった。

そんな彼女に、アレンは肩をすくめるのだ。

「そもそもおまえは毎日働きすぎなんだ。息を抜くことも覚えたほうがいい」

「そ、そうなんですかね……それじゃあ今日は頑張ってお昼寝しますね。見ていてください！」

「いや、そんなに意気込まなくていいから……眠気が吹き飛ぶぞ」

ぐっと拳をにぎるシャーロットは、やはりどこまでも真面目だった。

リラックス効果のあるハーブティーを飲んでから、ふたりしてごろんと絨毯に転がる。

毛布をかぶると、シャーロットはくすくすと声をしのばせて笑った。

「こんな日も高いうちから横になるなんて……なんだかイケナイことをしているみたいでドキドキしちゃいますね」

「だろう？　これが昼寝の醍醐味だ」

そうしてふた言三言、言葉を交わすと、自然とふたりの間に静寂が落ちた。気まずい沈黙ではなく、穏やかな時間そのものの静けさだ。

シャーロットもうつらうつらし始めたのか、聞こえてくる呼吸のリズムも次第にゆっくりになっていく。

（さて、俺もひと眠りするか……）

アレンもまたゆっくりと目を閉じた。

気持ちよく眠りにつこうとして……しかしそこで、ふと気付く。

（いや待て……いくら明るいうちとはいえ、嫁入り前の少女と同衾するのはアウトでは？）

そのことに思い至った途端、全身からぶわっと汗が吹き出した。

使命感で突っ走った結果、一般常識を完全に忘れていた。

まぶたを閉ざしているせいで、視覚以外の五感が研ぎ澄まされ、シャーロットの立てる寝息だったり、かすかな衣擦れの音だったり、甘い匂いを敏感に察知してしまう。

言い訳ができないほど、アウトな状況だった。

アレンがピシリと固まる一方で――。

(あれ……？　男の方と一緒にお昼寝するのって……ふつうのこと、なんでしょうか？)

シャーロットもまた、ふとした疑問を覚えていた。

その瞬間、眠りに落ちかけていた意識がふっと浮かび上がってくる。そうしてよぎった疑問は瞬く間にふくれあがり、眠気を吹き飛ばすのに十分なほどに成長した。

シャーロットは自分でも理解しているほどの世間知らずだ。

小さな子供のころにエヴァンズ公爵家に引き取られてから、ほとんど外の世界を知らずに育ってきた。

しかしそれはそれとして、貴族の淑女としての教育はしっかりと受けている。家族でも、婚約者でもない男性とは、言葉を交わすことすら好ましくないと教えられた。

それは貴族特有の文化なのかもしれないが――。

(ふつうの方って、男女でお昼寝するのが当たり前なんでしょうか……？　で、でもこれってて……すっごく、ドキドキしますよ……!?)

アレンがそばにいて、身じろぐ気配が伝わってくる。

たったそれだけのことで、シャーロットの顔が真っ赤に染まった。いつも一緒にいるというのに、ただ横になっているだけで、それがなぜか特別な意味を持っているように感じられて仕方がなかった。

こうしてふたりは昼寝どころではなくなった。

おずおずと目を開こうとして——。

「あっ」

「うっ」

そのタイミングがばっちり同じで、しっかり目が合ってしまう。

ふたりは互いに寝転がったまま、真っ赤な顔を見合わせる。どちらともなくゴクリと喉を鳴らすまで、息すら忘れて見つめ合ってしまって——。

「よーっし！　どうやら寝付けないようだな！　それでは俺が特別に抱腹絶倒間違いなしの寝物語を披露してやろう！　まずは我が国の魔法の発展の歴史の講義だ！」

「わ、わあ！　とっても面白そうです！」

ふたりは無理やりに盛り上がり、浮ついた空気を一生懸命になかったことにした。

かくしてそれから数時間後。

すっかり日も暮れた頃合いになって、シャーロットがもぞりと寝返りを打った。重いまぶたをこすりつつ体を起こす。

「ふわ……いつの間に眠って……あ」

そこでふと気付き、そっと口をつぐんだ。

すぐそばでアレンが目をつむったまま、静かな寝息を立てていたからだ。

またぽっと顔が赤くなりかけるが……その寝顔を見ているうちに、だんだんと赤みが引いていく。シャーロットの中で、恥ずかしさ以外の感情が勝ったからだ。

「アレンさん……まだおやすみですか？」

アレンの顔をそっと覗き込んでみる。

しかし彼は起きる気配もなく、規則正しい寝息を立てるだけだった。よく眉間に浮かんでいるしわも消えて、本当に気持ちよさそうに眠っている。

それを見ていると、シャーロットはなんだか心がぽかぽかした。最初に感じていた恥ずかしさはすっかり消えて、ほうっと吐息をこぼして相好を崩す。

「起きたときに、そばに誰かがいるって……いいですね」

そうしてシャーロットはしばしアレンが起きるまで、彼の寝顔をこっそり眺めて楽しんだ。

そういうわけで、シャーロットはお昼寝を気に入って、ときおりアレンにそれとなーくねだるようになった。添い寝の感覚に慣れるまで、アレンは毎度死にそうな顔で付き合ったのは言うまでもない。

イケナイ女子会

小説①巻 WonderGOO購入者特典

落ち着いた内装の、おしゃれな店内にて。

三人娘による女子会が満を持して始まった。

「それじゃあ早速……かんぱーい！」

「乾杯ですにゃー」

「か、乾杯、です」

エルーカとミアハ、そしてシャーロットの三人は、それぞれのグラスを掲げて声を上げた。

広い丸型テーブルには色とりどりのサラダや、軽く摘める軽食、ガッツリ系の肉料理など、多彩なメニューが並べられている。

ここは街でも人気のレストランだ。

彩り鮮やかなメニューの数々はどれもカロリー控えめで、甘めのお酒も多いとあって、三人の他にも女性グループの客が多い。

おかげでエルーカとミアハはご機嫌だ。にこにこ笑顔でジュースを飲むふたりとは対照的に、シャーロットの表情は少し硬かった。

（あうう……や、やっぱり緊張します……）

年の近い女子とおしゃべりすることも、一緒にごはんを食べることも、シャーロットにとってまったく初めての体験だ。

ふたりともよく知った相手ではあるものの、アレン抜きで会うのもこれまた初めてで。やはりどうしてもガチガチに硬くなってしまう。

「さー食べよ食べよ！　シャーロットちゃんは好き嫌いとかあったっけ？」

「あっ、大丈夫です。なんでもおいしくいただきます！」

「えらいですにゃー。だったらどんどん食べるといいですにゃ」

「これも美味しそうだよ！　食べて食べて！」

「あわわ……あ、ありがとうございます」

そんな調子で、ふたりはシャーロットの皿にどんどん料理を盛っていった。こんもり出来上がったその山に、自然とシャーロットは相好を崩してしまう。

こうして和やかな女子会が始まった。

おいしい料理に舌鼓を打ちつつ、エルーカは首をかしげてみせる。

「それにしてもミアハさん。ほんとにジュースでよかったの？　お酒を飲んでくれてもいいのにさ」

「かまわないのですにゃ。お酒がなくても、美味しい料理があればミアハは満足ですからにゃー」

「あっ。そういえばミアハさんは大人なんですよね？」

「はいですにゃ。先日十九になったばかりですにゃー」

のほほん、と笑ってチキンフライをぱくつくミアハだ。

この国には様々な種族が暮らしているものの、一般的に十八歳からが成人とみなされる。

シャーロットとエルーカはまだ十七。

大人の仲間入りはもう少し先だ。

だからふたりはキラキラした目をミアハに向ける。

「お仕事もバリバリだし、できる大人の女って感じだよねえ」

「はい！　素敵なお姉さんです！」

「そんなことないですにゃー。ま、うちの会社で営業成績不動の一位はミアハですけどにゃ」

得意げな笑みをうかべつつ、ミアハはさらに大きなチキンを骨ごとバリバリといく。文字通りの肉食系だ。

そんな彼女に、エルーカが声をひそめて尋ねることには——。

「やっぱりそんなお姉さんなら……恋愛経験も豊富だったりするの？」

「れ、恋愛ですか……!?」

「おーっと、やっぱりそこ聞いちゃいますかにゃ？」

シャーロットは声を裏返らせて叫び、ミアハはにたりと笑ってみせた。

女子が集まれば、自然と話は恋愛トークへと発展するものだ。真っ赤な顔で固まるシャーロットをよそに、エルーカは興味津々とばかりに目を光らせる。

「ね、ね、どうなの？　今付き合ってる人とかいるの？」

「それが絶賛募集中なのですにゃー」

「えー！　ミアハさんきれいだし仕事もバリバリだし、モテそうなのになあ」

「うちの会社は女性オンリーですからにゃー。おまけに仕事であちこち飛び回るせいで、出会いも限られるというわけですにゃ」

「なるほどなるほどー。それじゃあ好みのタイプとか聞いてもいい？」

「そうですにゃー。特に種族とかにこだわりはないので、ミアハより腕っ節の強い人がいいですかにゃ。そういうエルーカさんは？」

「そうだなー、あたしは年上がいいかも！　それで魔法に詳しい人が――」

かくしてふたりは好みのタイプで盛り上がる。

一方で、シャーロットは真っ赤な顔で黙り込むばかりだ。

（ミアハさんだけじゃなくて、エルーカさんも大人です！　恋愛のお話ができるなんて……）

シャーロットにとって、恋愛なんて未知の世界だ。

実家の公爵家では自分の意思とは関係なく結婚相手が決められていたし、恋ができるなんて考えたこともなかった。

ゆえにシャーロットの中での恋愛とは、幼いころに読んでもらった絵本の中で、王子様とお姫様が結ばれる……そういうふわっとしたイメージしか持ち合わせていなかった。

それなのにエルーカとミアハは当然のように恋愛トークで盛り上がっている。大人だ。

なんだか自分ひとりが子供のような気がして、シャーロットはもぞもぞとジュースに口をつけるしかない。

しかし、そこでエルーカがさも当然とばかりに話しかけてくる。

「で、シャーロットちゃんは？」

「へ？」

「いやだから、好きなタイプよ」

「うっ……！」

シャーロットは言葉を詰まらせてしまう。真っ赤な顔でうつむいて、ぽそぽそ言葉をつむぐことしかできなかった。

「え、えっとその……私はそういうの、よく、分からなくって……すみません」

「そっかー。そんじゃ、ここからのトークテーマは決まりだね」

「はいですにゃ」

「な、なにがですか？」

なぜかエルーカとミアハはにこやかに目配せしあう。話の流れが分からずに、シャーロットは目を瞬かせるのだが――エルーカはキランと目を光らせてビシッと告げる。

「ずばり！　シャーロットちゃんの好きなタイプを探っちゃおうってことだよ！」

「ええええええ!?」

「いやはや、食が進むトークテーマですにゃ。料理も追加しちゃいましょーにゃ！」

ミアハも手早く追加注文をして、ウキウキである。かくしてシャーロットはふたりに囲まれて、あわあわしてしまう。

「で？　シャーロットちゃんが好きなのって男？　女？」

「そ、そこからなんですか……」

「そりゃー今時恋愛の形は自由よ。別種族同士だって結婚も珍しくないんだから」

「あー。うちの職場の犬型亜人も、このまえ人間族の男性と結婚しましたにゃー」

「そ、そうなんですか……？」

身近なところの話になって、シャーロットはぐいっと引き込まれてしまう。

恋愛も結婚も未知の世界だ。だこらこそ気になる話題でもあった。

シャーロットが食い付いたのを見て手応えを感じたのか、エルーカとミアハはにこやかに畳み掛けてくる。

「で、恋愛対象はどっちの性別？」

「え、えっと……たぶん、男性……ですかね」

「年上がいいですにゃ？　それとも同世代？　年下？」

「えええっ……!?　そ、そこまでは考えたこともないですよ……」

「そんな難しく考えなくてさー。どんな人と一緒にいたら楽しいかなーって想像したらいいんだよ」

「一緒にいたい人……ですか」

シャーロットは腕を組んで真剣に考え込む。

どんな男性と一緒にいたいか。

最初はぼんやりしていたイメージが、次第に頭の中で形を成していく。

シャーロットはおずおずと口を開いた。

「えっと……私、世間知らずで、鈍臭くって……一緒にいてくださる方に、ご迷惑をたくさんかけると思うんですけど……」

「そんなことないと思うけどなあ。ま、それでそれで？」

「だから、その……こんな私とでも、一緒にいてくれる人がいるのなら……」

シャーロットは膝(ひざ)の上で指をもじもじさせてから、うつむきながら蚊の鳴くような声で続けた。

「明るくて、ぐいぐい引っ張ってくれるような……年上の男の方(かた)がいいかなあ、って……」

「……」

「……」

「……は、はい？」

それにまったく相槌が返ってこなかったので、シャーロットはおもわず顔を上げてしまう。

するとエルーカとミアハが、完全なる真顔で固まっていた。目を白黒させるシャーロットに、
ふたりはゆっくりとため息をこぼして目配せし合う。

「マジかー……思ったより直球できたね、これは」

「しかもたぶん無自覚なのですにゃ……破壊力抜群なのですにゃ」

「えっえっ、なにがですか？」

「いやだってさあ……」

エルーカは呆れたように肩をすくめ、あっさりと言う。

「シャーロットちゃんのその理想の男性像、もろにうちのおにいじゃない？」

「へ」

シャーロットはピシリと凍りつく。

明るくてぐいぐい引っ張ってくれる年上の男性。

たしかに言われてみればアレンそのものだ。

それに気付いた途端、シャーロットの顔が耳まで真っ赤に染まった。

「ちっ……違いますよ！　たとえです！　たとえ！」

「えー、それにしてはやけに具体的だったけど？」

「そ、それは、その……あっ！　お料理がきましたよ！　食べましょう食べましょう！」

「いやーこれも若さですにゃあ」

「ねー」

「はい！　お肉いっぱい食べてくださいね！」

ニヤニヤと顔を見合わせるふたりの皿に、シャーロットは骨付き肉をどんどん積み上げていった。

（理想の男性が……あ、アレンさんだなんて……!?）

それは本当に洒落(しゃれ)にならない『イケナイこと』だと思えてしまって。シャーロットはその考えを心の奥深くへと押し込んで、いったん忘れることにした。

イケナイお料理教室

小説①巻
協力書店購入者特典

それはシャーロットがアレンの屋敷に来て、一週間ほど経ったある日のことだった。

「きゃあああああ!?」

「っ……!?」

時刻はまだ明け方すぎ。そんな早朝に、シャーロットの悲鳴が屋敷中に轟いたのだ。アレンはすぐさまベッドから跳ね起きて、寝巻きのままで悲鳴の聞こえた場所まで一直線に駆けつけた。

屋敷の隅に位置する、キッチンだ。

家屋の大きさに相応しく、かなり大きな調理台や洗い場、食材置き場などを備えている。とはいえアレンは出来合いのものを買って食べることのほうが多く、シャーロットが来るまではほとんど埃を被っていたような場所である。

「どうした、シャーロット！　大丈夫か!?」

「う、あ……はい」

そんなキッチンの隅で、シャーロットは床に座り込んで呆然としていた。顔色こそ青白いが、怪我はなさそうでホッとする。

悲鳴が聞こえた方角で、キッチンからだとすぐに分かった。

前の住民が残していった包丁なんかも多くしまわれていたものだから、怪我でもしたのかと焦ったのだ。

「無事ならよかった。だが、それなら今の悲鳴は何事だ？　害虫やネズミでも出たのか？」

シャーロットを助け起こしつつ、アレンは周囲をうかがう。

「そ、そうじゃなくて……その」

シャーロットは震える指で、キッチンの奥を示す。

そこには火の灯ったかまどがあった。

「急に火がついたので、驚いてしまって……」

「む？」

それにアレンは首をかしげてしまう。

「ひょっとして……魔法のかかった調理道具を初めて見るのか？」

「魔法!?　あの火って魔法なんですか？」

「ああ。こうやって――」

アレンはかまどに近付いて、その真上に手をかざす。

すると火は一瞬で消え去って、また手をかざすと燃え盛る。それをシャーロットは手品でも見るような目で興味深そうに見つめていた。

「手をかざすだけで、自動で火がついたり消えたりする。火起こしがいらないかまどなんだ」

「そんな便利なものがあるんですねえ……知りませんでした」

「いや、一般家庭でもそこそこ広まっている技術のはずだが……？」

こうした生活に密着した技術は、往々にして簡略化の研究が進められるものだ。

今では魔法に疎い者でも扱えるような調理用の魔法道具が数多く存在する。わりと値段は張るものの、所有している一般家庭はとても多い。

そう説明すると、シャーロットは困ったようにはにかんでみせた。

「でしたら公爵家のお台所にもあったのかもしれませんね。いつもごはんをいただくのに忙しくて、あんまり周りを見ている余裕がなかったので……気付きませんでした」

「……おまえ、いつもどこで食事を取っていたんだ？　さすがに食堂くらいはあっただろう」

「食堂は本家の皆さんの場所ですから……私はひとりで、お台所の隅のほうで。前日の残り物なんかをいただいてました」

「そ、そうかー……」

平静を装って相槌を打ったが、笑顔が引きつってしまうアレンだった。内心では彼女を虐げていた実家に対し、かなりムカムカした。

そんな彼に気付くこともなく、シャーロットはへにゃりと眉を下げて、困ったように苦笑する。

「アレンさんが起きる前に、朝ごはんを用意しようと思ったんですけど……起こしてしまって、申し訳ありません」

「なに、それは気にするな。しかし料理ができるのか?」

「い、いえ……パンを焼くくらいならできるかも、と思いまして……」

シャーロットは恐縮したように身をすくめてしまう。

「今のところお掃除くらいしかお役に立てないので、他のことも覚えないと申し訳なくって……」

「気にしなくてもいいんだが……しかし料理か」

アレンは顎(あご)に手を当てて、広いキッチンをぐるりと見回す。

包丁が何本も収められた棚や、高い場所に積み上げられた大小様々な鍋(なべ)たち。食材の詰まった木箱なんかもゴロゴロしている。

次また転んだとき、無傷でいられる保証はない。

(うーん……危ないことはなるべくさせたくないんだが。シャーロットはやる気だしなあ)

居候(いそうろう)の気まずさからくる使命感だったとしても、何かに意欲を燃やすのは彼女にとっていいことだと思えた。

だからアレンは咳払(せきばら)いをして、にっこりと笑う。

「よし、それなら俺が教えてやろう」

「へ? あ、アレンさんがですか?」

「ああ。俺もひとり暮らしが長いからな、凝ったものは無理だが家庭料理くらいはできるぞ」

「す、すごいです。ぜひとも教えてください！」

シャーロットはキラキラした目をアレンに向ける。尻尾を振る子犬がダブって見えた。

おかげでアレンは気をよくして、小さな鍋を取り出す。

「それじゃあ朝飯にスープでも作るか。簡単だから、すぐに覚えられるだろう」

「はい！　よろしくお願いします、アレン先生！」

「せ、先生かあ……」

かつて呼ばれたこともある称号だが、シャーロットの口から飛び出すと、なぜか気分が浮き足立った。

少しだけそわそわしながら、アレンは調理台に野菜を並べていく。ジャガイモにニンジン、タマネギといったごく普通のものだ。

「それじゃあ調理していくぞ。まずは野菜を用意する」

「はい。それを切るんですね？」

「そのとおり。まずはこうして包丁をかまえて……」

左手に包丁。

右手にジャガイモ。

アレンはすっと目を細め、ジャガイモを高く投げ上げた。

「切る」

「へ!?」

包丁を振るい、虚空に浮かぶジャガイモを素早く断ち切る。

そうしてまな板に落ちると同時、イモは小さな賽の目となってばらっと崩れてしまう。大きさはどれも均一で、まずまずの仕上がりだ。

アレンはニンジンをずいっとシャーロットに突きつける。

「よし、こんな感じだ。おまえもやってみろ」

「無理ですよ!?」

シャーロットが真っ青な顔で叫んだ。

それに、アレンはきょとんと首をかしげるしかない。

「なぜだ？　たかだか野菜を切るだけだぞ」

「いやあの、たぶんそれ……かなりハイレベルな技術が使われていると思うんです……」

「そうなのか？　実家だとみなこんな感じで調理していたものだが……」

「すごいお家なんですね……」

シャーロットは真顔でごくりと喉を鳴らす。

そのままごそごそと取り出すのは木製のまな板だ。

「えっと……今のは私にはできそうもないので、普通に切りますね。いいですか？」

「それはかまわないが……危なくないか？」

「ほかの切り方はできないと思うので……と、ともかく頑張ります」

シャーロットは硬い面持ちで包丁を握る。

そうしてニンジンを押さえて、刃を立てようとするのだが……もう、見るからに危なっかしかった。

「うーん……よし、ちょっと待て」

「へ？　なに、ひゃっ……!?」

アレンは彼女の背後に回って、その手に自分の手をそっと重ねてみせた。

「危なっかしくて見ていられないからな。最初は一緒に切っていこう」

「は、はい……」

シャーロットはなぜか消え入りそうな声で返事をした。

かくしてふたりの共同作業が始まった。

左手は猫の手にして、右手に包丁。お手本のような手つきで、ゆっくりと野菜をざく切りにしていく。手元にさえ気をつけていれば、ひどく簡単な作業だ。

「普通に切るならこんな感じだな。指を切らないようにだけ注意しろよ」

「……は、い」

シャーロットの返事はやはりか細い。

アレンの補助があるというのに、なぜか最初よりもずっとガチガチだ。後ろからでは顔も見えないが、髪から覗く耳はリンゴのように真っ赤に染まっている。

密着しているからこそ分かる心音も、ずいぶん早く……そこで、はたとアレンは気付いてしまう。

（……これはだいぶマズいのでは？）

なにがマズいのかは不明だが。

意識してしまうともうダメだった。密着しているせいで、相手の体温も心音も手に取るように分かってしまうし、甘い匂いが鼻腔をくすぐる。重ねた指先には火傷しそうなほどの熱がこもった。

おかげでふたりとも無言になってしまい、野菜を切る音だけがしばしキッチンに響く。気付けばふたり分のスープにしては妙に多い材料の山ができていた。

「よ、よし、野菜は切れたな！　次は鶏肉を煮出す工程だ！」

「は、はい。お願いします！」

ふたり同時にバッと飛び退いて距離を取り、何事もなかったかのように次のステップへと移っていった。

かくして紆余曲折ありながらも、野菜のスープが完成した。

さらにパンをこんがり焼いてバターを添えれば、それなりに見映えのいい朝食の完成である。

食卓にメニューを並べて、アレンは満足げにうなずく。

「よし。まずまずの成果だな」

「はい！」

シャーロットも皿を並べながら元気よく返事をした。

スープ鍋を覗き込み、ほうっと吐息をこぼしてみせる。

「やっぱりアレンさんはすごいですね。お料理も魔法も、なんでもできちゃうんですから」

「何を言う。おまえだってこれくらいはすぐに作れるようになるさ。今日見せてもらった限りだと、手際もよかったしな」

「そう、ですかね……」

シャーロットは照れたようにはにかんでみせる。

そうしてぐっと拳を握って、意気込みを語った。

「それじゃあ、これからたくさんお料理の練習頑張りますね！　アレンさんに、もっと美味しいものを食べていただくためにも！」

「う、うむ。期待しておくな」

自分のため、と言われるとアレンは妙に心臓のあたりがざわついた。

ぎこちなく笑い返してから、ふたりで仲良く向かい合って食卓について手を合わせる。

この日もこうして、穏やかな朝が始まった。

小説2巻 ストーリー紹介

イケナイごっこ遊び

ユノハ地方への旅行中に明らかになったシャーロットの「魔物使い」の素質。いかなる魔物とも心を通わせることのできるその才能で、シャーロットはフェンリルのルゥと仲良くなる。 ある日、庭先でシャーロットたちが遊んでいると、そこに怒鳴り込んできたのはボクっ娘エルフの小説家・ドロテア。聞けば、彼女はアレンの屋敷の「失踪した前の持ち主」だった！

あわや住居トラブル、と思いきや、ドロテアは屋敷を譲る代わりに、シャーロットとアレンに「恋人ごっこ」をしてほしいと言ってきて!?

いけないことと、イケナイ告白

最近、シャーロットのふとした仕草に、言動に、アレンはどうにも心臓のドキドキが止まらない。もしかしてこれは……。けれどアレンは自覚するわけにはいかなかった。この思いはシャーロットの重荷になる。それは本当に……いけないことだ。

イケナイ初デート

周囲の心配とお節介に背中を押され、どうにかこぎつけたピクニックデート。ところが到着早々、罠にハマって二人は離れ離れになってしまう。ことの首謀者はユノハ魔導動物園にいた、地獄カピバラのゴウセツ。シャーロットに異様な執着心を見せるゴウセツに、アレンはどう立ち向かう!?

イケナイ姉妹の再会

シャーロットの妹・ナタリアが大変だと聞かされて、一行はアレンの古巣・アテナ魔法学院に向かう。ナタリアが密かに留学中らしいのだが、学院長の手にも負えない問題が発生しているようで?

ふか田さめたろう

小説②巻 こぼれ話

新キャラも続々登場の二巻です。

もともとは賞金稼ぎに捕まったシャーロットを助けに行くプロットでしたが、それだとシリアスになりすぎるな……ということで厄介モンペの地獄カピバラに出てきてもらいました。

おかげさまでいい感じにゆるいシリアスが作れたので満足しています。

表紙もみわべ先生のモフモフまみれで賑やかです。おそらくみわべ先生もライトノベルのイラストを手がけてカピバラを描くことになろうとは予期していなかったと思います。コロッケパンも超画力で描き込まれています。いつもありがとうございます。……超売れっ子イラストレーター様に何を描かせているんだ？　正気に戻る前に次の話題にいきます。

ゴウセツの人間バージョンは『地獄カピバラ的に超絶美女なので、人間に換算するとああなる』わけです。地獄カピバラ界隈でも有名人であり、あちこち放浪していたため各地に知り合いがいます。ナワバリにしていたダンジョンも両手に余るほど。スペック高めの齧歯類です。

続いてドロテアについて。

ドロテアはこれ以降もアレンたちとゆるく同居しています。ただし原稿で引きこもりがちなので滅多に顔は合わせません。お隣さんくらいの距離感です。

もともと大きなエルフの里で、族長である母親の後継者として厳格に育てられてきました。あるとき人間の文学に触れて自分でも書くようになりますが、その段階ではこっそり秘密の趣味として楽しむだけでした。

その原稿が何の因果か、エルフと同盟関係にあった竜族との連絡文書に紛れ込み、そこの族長の息子が発見。原稿の続きを読ませてもらえないかと直談判に来たのがヨルです。

そこから今の関係に至るまで紆余曲折ありましたが、男女の関係になるかは神のみぞ知ります。現在のところはお互いに「あいつだけはありえん」と思っています。

最後にナタリア。

一巻最終章の、シャーロットの夢の話を書いたあたりではまだ素直な性格の予定でした。それだとシャーロットと被るなと気付いたため、真逆の性格のあんな感じになりました。

シャーロットと再会してからは、ちょくちょくアレンの屋敷に遊びに来ます。シャーロットと近くの街にも遊びに行ったり、アレンから勉強を教わったりして充実の毎日を送っています。

ライバルのクリス——もとはニールという名前でしたが、シャーロットたちの祖国とかぶるので変更——も、よくナタリアと一緒にアレンの屋敷に顔を出します。そしてそのまま、近くの街に住むお姉さんのところに遊びに行きます。

望まない結婚をさせられそうになっていた彼のお姉さんですが、アレンとナタリアが暗躍した結果、実家を出奔。幼馴染みの青年と一緒に、街で小さな食堂を経営して幸せに暮らしています。

近所の方が何かとサポートしやすいということで、アレンが住まいなどの手配をしました。

おかげでナタリアはアレンのことを見直して、シャーロットとイチャイチャしているのを見てまた殺意マシマシになりました。敬意と殺意をずっと反復横跳びしています。

イケナイ盗み聞き

小説②巻 TSUTAYA購入者特典

ナタリアとの一件が解決した、その日の夜。

「ふう……ひどい目に遭った……」

クロフォード邸の自室にて、アレンはため息をこぼしていた。

ナタリアが抱える問題はひとまず解決し、姉妹は無事に再会することができた。

しかしそのせいで、アレンはナタリアから姉を誑かした大悪人だとみなされてしまったようである。

そのことに端を発して勃発した大喧嘩は一時休戦となったものの、おそらくあの暴れ馬は明日も同じように喧嘩を仕掛けてくる……そんな予感が早くもしていた。

いくら天才児とはいえ、ただの学生に負ける気はさらさらない。しかし相手はシャーロットの妹。まさか本気で叩き潰すわけにもいかず、かといって手加減するとこちらの命がない。

つまるところ、ものすごくやりにくい相手ではあった。

今日一日で溜まった疲労を吐き出すがごとく、アレンはため息を連発して頭を抱える。

「まあうん……交際する以上、家族への挨拶は避けられないからな……諦めて明日も頑張るか……」

絶対に、しなくてもいい苦労をしている。

そんな確信を抱きつつも、避けられない戦いに向けて気合いを入れるべく、アレンは重い腰を上げる。

(リビングに降りて酒でも飲むか……誰かしらいるだろ)

義両親かゴウセツあたりがいれば、一緒に飲むのも悪くないだろう。

そう思って廊下を進むと……。

「……さま」

「む……？」

かすかな声が聞こえて、アレンは足を止める。

目の前にはシャーロットが寝泊まりしている客室があった。

(そういえば、ナタリアは今日ここに泊まっているんだよな……)

しかもシャーロットと同室である。長い間離れ離れになっていた姉妹だし、積もる話もあるだろう。

静まりかえった屋敷の中で、部屋の中からこぼれる声は明瞭に聞こえた。

「ねえさま、本当にありがとうございます。わたしのことを許してくれて……」

「そ、そんなことないですよ。そもそもナタリアが謝ることなんて何もないんですから」

「ねえさま……」

息を詰まらせる妹に、シャーロットはくすりと笑う。ベッドの上で姉妹は身を寄せ合っているようで、小さな衣擦れの音がした。

「これからは、もっと仲良くしてくれると嬉しいです。お姉さんらしいこと、たくさんさせてくださいね」

「はい！　わたしも妹らしく、ねえさまを支えてみせます！」

そうして姉妹はくすくすと笑い合う。

彼女らを取り巻いていた境遇は、ひどく過酷なものだった。だがしかし、ふたりはそれを乗り越えてやり直そうとしている。

その事実にアレンは強く胸を打たれたものの――そこでふと我に返るのだ。

（これ以上の盗み聞きはマズいよな……）

彼女らの関係は複雑そのものだ。

無断でそこに立ち入ることは控えるべきだと思われた。

だからアレンはその場から立ち去ろうとするのだが――。

「ねえさま。それでは妹として改めてひとつ、大事なことを聞いてもかまいませんか？」

「な、なんですか？」

ひどく硬い声で切り出した妹に、シャーロットもまた緊張したように答える。

ナタリアは意を決したように質問を投げかけた。いわく――。

「大魔王……あの男の、いったいどこがいいんですか？」

「えっ」

部屋の中から聞こえた声に、アレンの踏み出しかけた足がぴたりと止まる。ぎこちない動きで扉を振り返り、ゆっくりと近付いた。ピタッと扉に耳をくっつける。

（…………も、もう少しだけならいいよな……？）

傍から見ると立派な不審者であることに気付きつつも、アレンは耳を澄ませる。話題が話題のため、素通りすることはできなかった。

部屋の中ではナタリアが声を低くして舌打ち混じりに続ける。

「あの男の実力はわたしも認めるところです。ですが……人格に少々、いえ、かなり難がある上に喧嘩っ早く、自信過剰で口も悪い。おまけにその面相も完全に悪人そのものだし、美点を挙げるとしたら害虫よりもしぶとい点くらい。才色兼備で女神の生まれ変わりと呼んでもいいねえさまと並ぶなんて、どう考えても分不相応というか身の程知らずというか、正直今すぐ死んで詫びるべきだと思います」

「そ、そこまで言いますか……？」

うろたえるシャーロットである。

外で聞いていたアレンも歯軋りするばかりだ。

（人格に難があるのは、おまえだってそうだろうが……!!）

突入してツッコミを入れたくなるのをグッと堪えて耳を澄ます。

シャーロットがなんと答えるか、非常に気になったからだ。

ナタリアはむすっとした声で続ける。

「どうしてあの男なんです。最初にねえさまに手を差し伸べたからですか？　そんなので、ねえさまの大事な人になるなんて……そんなのずるいです」

「そうですねえ……」

シャーロットはくすりと笑う。

妹が拗ねていることに気付いたのだろう。子守歌でも唄うような柔らかな声音で言う。

「たしかにアレンさんを好きになったのは、助けてもらったからというのが理由のひとつですね」

「……やっぱり大魔王はズルいです。わたしが先にねえさまを見つけていたら、わたしがねえさまの一番大事な人になれたのに」

「ええ。でも、もしそうだったとしても……」

そこでシャーロットは言葉を切る。

内緒話でもするかのように小さな声で続けた言葉は——幸運なことに、扉を隔てたアレンの耳にも届いた。

「きっといつ出会っていたとしても……私はアレンさんを好きになっていたと思います」

「ねえさま……」

ナタリアが小さくため息をこぼす。

そして、それはアレンもまったく同じことだった。

(いつ出会っても、好きになっていた……か……)

温かなセリフに、胸がじーんとする。

しかし、ナタリアは違っていたようだ。ごそごそと何やら姿勢を正してから、咳払いをして改まった様子で口を開く。

「ねえさま、こんな話を知っていますか？　誘拐犯と被害者が一緒に過ごすうち、被害者は無意識に犯人へ好意的な行動を取り始める、という例があるそうです」

「は、はあ……ナタリアは難しいことを知っているんですね。でも、それがどうかしたんですか？」

「今のねえさまはそれです」

「ナタリアはアレンさんのことをなんだと思ってるんですか……？」

やけにきっぱりと断言する妹に、シャーロットは若干引き気味に笑った。

ストレートに犯罪者呼ばわりされたアレンはといえば、扉の前でこめかみに青筋を立ててるだけである。ともあれ犯罪者じみた手口で丸め込み、面倒を見るようになった経緯があるため、心の中でも強くは反論できなかった。

しかしシャーロットは毅然として妹に抗議するのだ。

「アレンさんはいい人ですよ。ナタリアも本当は分かっているはずじゃないですか？」

「……ええ。多少は認めます。あの男は根っからのお人好しのようですから。ですが……！」

渋々といった様子から一転、声に怒気が含まれる。

おや、と思う間もなかった。

ナタリアは勢いよく部屋の扉を開き、廊下に立つアレンに向けてびしっと人差し指を向ける。

「この男は盗み聞きをするようなクズなんですよ⁉」

「げっ……！」

「あ、アレンさん……⁉」

部屋の中の明かりが漏れて、立ち聞きしていたアレンの姿をまざまざと照らし出す。

寝間着のシャーロットがベッドの上で目を丸くして固まっているのが見えた。ゆったりとしたワンピースタイプでとてもよく似合っている。

いや、そんなことよりも——。

「な、ナタリアおまえ、気付いていたのか……！」

「当然です。気配くらい簡単に読めますから」

ナタリアは得意げに鼻を鳴らし、シャーロットを振り返る。

「さあどうです、ねえさま！　この男の本性をご覧になったでしょう！　こんな卑劣な男のどこがいいんですか！」

「やめろ！　違うんだシャーロット！　誤解……いや、そんなことより……！」

騒ぐナタリアを押し退けて、ずかずかと部屋へ上がる。そうしてシャーロットの手を取って、アレンは叫んだ。

「シャーロット！　俺もいつおまえと出会っていても……必ずや好きになっていたと思う！」

「へ」

シャーロットの目がまんまるに見開かれる。

しかしそうかと思えば彼女はそっと目を逸らし、頬を赤くして小声をこぼした。

「も、もう。アレンさんったら……そんな恥ずかしいこと言わないでくださいよ」

「何を言う！　今叫ばずしていつ――」

「少しは反省の色を見せなさい！」

「げふっ!?」

なおも愛を叫ぼうとするアレンだが、横手からナタリアの膝蹴りが飛んできて床に転がる羽目になる。真夜中だというのに、クロフォード邸に物々しい音が響き渡った。

鬼神がごとき仁王立ちで、ナタリアはアレンを睨み付ける。

「わたしの目の前でねえさまとイチャつくな！　わたしのねえさまなんですよ!?」

「いいだろ少しくらい！　俺の恋人なんだぞ!?」

「け、喧嘩はダメですよ、ふたりとも……！」

真っ向から睨み合うアレンとナタリア。ふたりに挟まれておろおろするシャーロット。

そんな客間の騒ぎを、他の面々は廊下の外から生温かい目で見守っていて――。

「すごいですね、息子がめちゃくちゃ面白い」

「付き合い出したらおにいも少しは落ち着くかと思ったけど、そんなこともなかったなあ」

「うふふ、恋っていいわねえ～」

『ルゥたち今日は別の部屋でねよっか』

『そうですな。こんな痴話喧嘩、地獄カピバラの儂でも食えませんので』

イケナイダイエット大作戦

小説②巻
とらのあな購入者特典

アレンの屋敷では、みんなが揃(そろ)ってから食事を取る。

ひとりで暮らしていたときは腹が減ったら適当なものを口にするという自堕落な生活をしていたが、シャーロットを拾ってからは規則正しい食生活を心がけていた。

本日のメニューはパンとサラダに豆のスープ。シンプルながらにバランスの取れた食事である。

ルゥやゴウセツたちのごはんも、必要栄養素を配合した魔物フードに果物という取り合わせだ。二匹とも食卓の近くにマットを敷いて、それぞれの餌皿(えさざら)を置いてもらっている。

全員の前に食事が並べられてから食べるのが、なんとなくの決まりであった。

しかしその日はちょっとした事件があった。

「うん？　どうした、シャーロット。今日はずいぶんと小食だな」

シャーロットの皿を一瞥(いちべつ)して、アレンは首をかしげる。

メニューはアレンのものと同じだが、その半分以下の量しかない。

小食なほうではあるが、それでもいつもに比べればずいぶん少なかった。

アレンは目をすがめてシャーロットの顔を見つめる。

「ひょっとして体調が悪いのか？　なら症状を言え。適切な薬を処方してやろう」

「い、いえ、その……どこも悪くはないんです、けど……」

シャーロットはさっと目をそらす。

これは何かある。そう直感したアレンがなおも凝視し続けていると、やがて彼女は逃げ場がないと悟ったらしい。ぐっと息を呑んでから、こちらをまっすぐ見据えて宣言する。

「実は私……今日からダイエットしようと思うんです！」

「……は？」

ダイエット。

シャーロットの口から出たその単語を、アレンはすぐに理解できなかった。

それくらい予期せぬものだったからだ。数秒ほど凍り付いてから、アレンはすっとんきょうな声を上げる。

「ダイエット!?　おまえが!?　な、なぜだ!?」

「その、お恥ずかしいことに、最近体重が増えちゃいまして……」

シャーロットは頬を赤く染めて、ぽつぽつと打ち明ける。

アレンと暮らし始めて食生活は劇的に改善した。そのうえ毎日おやつを食べさせてもらったり、ミアハやエルーカとお茶したり……そうしたことの積み重ねで、以前街で買ったスカートが入らなくなったらしい。

そんな話をしていると、ルゥがシャーロットの袖を引いて尋ねた。

『ねーねー、ママ。ダイエットってなあに？』

「運動したり、お食事を減らしたりして痩せることですよ」

『えー、ママふとった？　全然変わらないとおもうけどなあ』

「その通りだ！」

訝しげなルゥに、アレンは力強くうなずいた。

テーブルから身を乗り出して、正面に座るシャーロットの肩をがしっと摑む。

「おまえにダイエットなど必要ない！　今すぐ思い直すんだ！」

「ううう……アレンさんはそうおっしゃると思っていました」

シャーロットはがっくり項垂れてため息をこぼす。

しかし顔を上げたとき、その目にはたしかな決意の炎が宿っていた。

「いくらアレンさんのお言葉でも、諦めるわけにはいきません。アレンさんとお付き合いする以上……みっともない姿は見せたくないんです。絶対に、ダイエットしてみせます！」

「し、しかし、健康面には問題ない……！　無理に痩せる必要などないんだぞ!?」

面倒を見る以上、健康管理はアレンの仕事だと思っていた。

それは恋仲になってからも変わらず――いや、以前よりより一層気をつけるようになっている。たしかに出会った当時より少し体重が増えたようだが、健康維持には問題ない。もう少し増えてもいいくらいだ。

アレンはわなわなと震えながら、かすれた声を絞り出す。

「ダイエットなんてそんな……おまえが減るとか、この世界にとって大きな損失だぞ!?」

「そ、損失って……減るって言っても、ほんのちょっとだけですよ？」

「いいやダメだ！　もったいない！」

うろたえるシャーロットに、アレンは力強く言い放った。

しかし、そこに余計な茶々が入る。

『儂は賛成ですな』

「なに……？」

ゴウセツである。

もそもそと魔物フードを噛み砕きながら、アレンへジト目を向ける。

『女性ともなれば美容に心を砕くのは宿命と呼んでもよいでしょう。ゆえに、殿方であるアレン殿に口出しする権利はない。なおかつシャーロット様がご自分の意思で決められたことなら、黙って見守るのが筋というものでは？』

「くっ、このクソネズミ……！　たまに正論をほざくな……!?」

ぐうの音も出なかった。

ゴウセツが味方だと分かって安心したのか、シャーロットの表情が和らぐ。

膝に顎を乗せて甘えるルゥの頭を撫でながら、にこにこと言うことには――。

「ダイエットするとなると、運動もたくさんしなきゃですね。ルゥちゃん、今日からいつものお散歩コースを二倍にしましょう！」

『お散歩いっぱいするの⁉　それならルゥもダイエットさんせい！』

『三対一でございますな』

「ぐぬぬぬぬ……！」

こうして結託されると非常に弱い。

おまけにシャーロットが不安げに揺れる上目遣いでアレンのことを見つめてくる。

「ダメ、ですか……？」

「……それは卑怯だろ」

アレンは顔を片手で覆ってため息をこぼす。

こうなったら完敗だった。かぶりを振って声を絞り出す。

「仕方あるまい……そういうことなら、ダイエットを認めてやる」

「ほ、ほんとですか⁉」

「ただし条件がある！」

シャーロットの鼻先に人差し指を突きつけて、アレンはびしっと宣言する。

「そのダイエット、俺が一から監督してやろう」

「えっ？　アレンさんがですか？」

「ああ。むやみに食事を抜いたところで体を壊すだけだ。効率のいいダイエットメニューを考案してやろう」

「頼もしいです！　ぜひともお願いします！」

『ママがんばってー！』

『もちろん儂も応援申し上げますぞ』

シャーロットがぱあっと顔を輝かせ、ルゥやゴウセツも沸き立った。

かくして一家総出のダイエット大作戦が幕を開けた。

ともあれ実施したのは基本的なことだ。バランスのいい食事を心がけ、運動量を増やす。もちろん食事のメニューはアレンが考え、運動もすべて付き合った。

主に行ったのは、屋敷周辺の走り込みだった。

街で買い求めたジャージを着込み、森の中を走る。その距離もほんのわずかなものではあったが、体を動かすことに慣れていないシャーロットはすぐにへばって木陰で休むことになった。

汗を拭（ぬぐ）って水を飲むシャーロットに寄り添って、ルゥは気遣わしげな声を上げる。

『ママ、ほんとにだいじょーぶ？　もう限界じゃない？』

「へ、平気です。あともう少し頑張ります！」

「その意気だ、シャーロット！　それでこそ俺の見込んだ女だ！」

「はい！　アレンさん！　最後までお付き合いくださいい！」

『燃えておりますなあ。スポ根ですなあ』

揃いのジャージを着込んでシャーロットに併走するアレンを眺め、ゴウセツが微笑(ほほえ)ましそうに目を細めてみせた。

そんな地道なダイエット開始から十日後。

朝食前に、運命の測量を行うこととなった。

「そ、それじゃあ、いきます……！」

体重計を前にして、シャーロットはごくりと喉を鳴らす。

それをアレンたちはすぐ後ろから見守った。ゆっくりと体重計に足を乗せ、針が動く。それがぴたりと止まって——シャーロットはぱあっと顔を輝かせた。

「減ってます！　それも二キロも！」

「つっ、さすがは俺のシャーロットだ！」

「きゃっ！」

感極まって、アレンはシャーロットを抱え上げる。

最初はダイエットに反対していたものの、この十日間おやつを我慢し、運動を頑張るシャーロットを間近で見ていたのだ。おかげで感動もひとしおだった。

「よくぞやり遂げた……！　おまえなら必ずできると思っていたぞ！」

「そんな大げさですよ……えへへ」

シャーロットは照れくさそうにはにかんでみせる。

ふたりが感動を分け合う中、ルゥが体重計にちょこんと乗ってがうがうと吠える。

『ルゥは増えたよ！　おっきくなった！』

『子供は育つことが仕事ですからな。もっともっと大きくなるのですぞ』

『うん！　母上みたいにおっきくなれるかなあ』

「ふふふ、きっとすぐですよ」

シャーロットはくすくすと笑う。

そこでふと気付いたとばかりにアレンの顔を覗き込んだ。

「アレンさんはどうですか？　ずっと私のダイエットに付き合ってくださいましたし、減ってるかもしれませんよ！」

「む？　そうだなあ」

たしかにアレンもこの十日間、同じように運動を続けた。

シャーロットを下ろし、何気なく体重計に足を乗せる。

揺れる針の動きが止まって、アレンは顎を撫でる。

「おお、たしかに減ってるな。だいたい三キロくらい」

「……はい？」

「うん？」

シャーロットの顔が凍り付く。

そうかと思えば、すぐにすっ……と距離を取られた。

「アレンさんだけズルいです……私より痩せるなんて……三キロなんて……」

『まったく。空気の読めない御仁ですな』

『ほんとそーゆーとこなんだよ、おまえ』

「ち、違う……！　そんなつもりはなくてだな……!?」

三人から白い目を向けられて、アレンは慌てふためいて弁明する他なくなった。

ちなみにシャーロットがはけなくなったというスカートというのは、単に洗濯して縮んでしまっただけだったと後（のち）に判明した。

イケナイ街の視察

小説②巻
WonderGOO購入者特典

街外れの森にひとりで住まう謎の魔法使い。

そんな存在が噂にならないはずもなく、アレンは《魔王》という異名で呼ばれていた。

街に出てもヒソヒソされるため外出は最小限にとどめ、ミアハに日用品を届けてもらうことが多かった。

しかしシャーロットが来てからそれが変わった。

街のならず者を成敗したり、シャーロットに付き合ってあちこちで困った人に手を差し伸べたりしたのが功を奏したのか、ヒソヒソされることも減り、その分気さくに挨拶してくれる人々が増えていった。

社交性の欠片もなかったアレンゆえ最初はかなり戸惑ったものの、それにもだんだんと慣れていき、馴染みの店の店主と談笑するくらいは普通になった。

だが――今回の変化はどうしていいか分からなかった。

「はいよっ、重いから気をつけてくれよな！」

「は、はあ……どうも」

「あ、ありがとうございます」

精肉店で買い物をして、商品を受け取る。

たったそれだけのやり取りなのに、アレンとシャーロットはガチガチになっていた。

その理由は単純明快。店主が見たこともないような満面の笑みでふたりのことを見つめていたからだ。彼の奥方も顔を出してにっこりと笑う。

「今日はたくさんオマケしておいたからね。また来ておくれよ、大魔王さん」

「オマケって……これでは頼んだ量の倍以上あるぞ。本当にいいのか？」

「なあに、もちろんいいってことよ。あたしらからのお祝いさ」

奥方はアレンの肩をぽんっと叩き、店主同様の満面の笑みで言うことには——。

「幸せにしてあげるんだよ、お嬢ちゃんのこと！」

「……はぁ」

アレンは遠い目をして返事をするしかない。その隣で、シャーロットは真っ赤な顔でうつむいていた。

店主と奥方の微笑ましそうな視線がむずがゆい。

しかし事態はそればかりではなかった。隣の青果店や、通りを挟んだケーキ屋、その他ただの通行人までもが、まったく同じ温かな目を向けていたのだ。

そして、そのどれもこれもが紛れもない祝福の眼差しで——。

「あのふたり、ようやく付き合ったんだってねえ」

「もちろん聞いたわよ～。おめでたいニュースよねえ」

「ママー。まおうさんたち、ラブラブなの？」

「あら、当然でしょ。だって元からあんなにラブラブだったんですもの」

あちこちからそんな会話が聞こえてくる始末だった。

アレンはやけに青い空を見上げて、ぼやくしかない。

「…………これ、街中が俺たちのことを知っていそうだな」

「そうですね……」

シャーロットも小さくうなずいた。

ふたりがお付き合いというものを始めて、少し経ったころのことである。

初デートも済ませて、交際に嫉妬する者たちも物理で黙らせた。紆余曲折はあったものの、シャーロットの妹への挨拶も終えた。

シャーロットの実家のゴタゴタやら、かけられた冤罪……そうした根本的な問題は未解決であるし、細々とした騒動も多少は起こった。それでもふたりの周囲は平和そのもので、アレンとシャーロットはゆっくりと、亀にすら余裕で追い抜かれかねないレベルの鈍足で交際を進展させていた。

そんなただ中で、ふたりきりで買い物に出かけてこれである。

今日はルゥとゴウセツが出かけており、余計にむず痒い。お互い周囲の視線が気になって会話も滞りがちだった。

（いやしかし、どうしてだ……どうしてこんなに街中が知っている？　どう考えてもおかしいだろ……）

報告したのは、ごく一部の知り合いだけのはず。

それが街中に喧伝（けんでん）して回ったとは到底思えなかった。

そんなことを考えながら、ぶらぶらと次の目的地へ向かっていたときのことだ。

「あっ、魔王さん。こんにちはですにゃー」

「ミアハ！　いいところに会ったな！」

「にゃー？」

ちょうどよく出くわしたミアハに、アレンはざっくりと疑問を説明した。

「というわけで、なぜか街中が俺たちのことを知っているんだ……」

「みなさん応援してくれるのは嬉しいんですけど……その、どうしてご存じなんでしょうか……？」

「あー、それは当然ですにゃ。シャーロットさんのファンのみなさんが、あちこちで悲しみに暮れていたらしいので」

「あいつらかぁ……」

リカルド率いる獣人の賞金稼ぎ集団や、その他のならず者集団。

シャーロットを女神とあがめる彼らが、女神と魔王のカップル誕生を嘆きつつも祝福し、昼夜を問わずにしばらくずっと飲んだくれていたらしい。そのせいで飲み屋に居合わせた客やらギルドのまっとうな冒険者たちが知るところとなり、そのまま一気に街中に広まったという。

「だからってなぜ俺たちが交際を始めただけで街中の噂になる⁉　ただの一般市民だぞ⁉」

「いやいや、魔王さんはご自分の評判をご存じないからそんなことを言うんですにゃ。これまで積み重ねてきたことを考えれば当然の結果ですにゃ」

「なんだ、街のならず者を残らず更生させたからか……？　その程度でここまで噂になるとは思えないんだが……」

「それもあるんですが……シャーロットさんとの究極にじれったい恋模様は、そりゃもー見る人をヤキモキさせましたからにゃー。これまでみーんなこっそり観察しては話のネタにしていたよーですにゃ」

「初耳なんだが⁉　というか、人の恋路を勝手にエンタメとして消費するんじゃない！」

「にゃはは〜、ミアハに言われても困りますにゃあ。まあまあそういうわけで、ミアハはまだ配達があるので失礼しますにゃー！」

「おいこら置いていくな⁉」

しゅたっと敬礼して、迅速に去って行くミアハだった。

あとに残されたふたりは、ゆっくりとあたりを見回す。

相変わらず、優しい視線が四方八方から注がれていた。これがメーガスなどのチンピラ連中からのものだったら、即座にぶちのめして終わるのだが、一般市民相手にそんな力業を使うわけにもいかず――アレンはゴホンと咳払いする。顔が赤くなっていることには、気付かぬふりをしておいた。

「ぐっ……仕方ない。とっとと買い物を終わらせて家に帰るぞ！」

「そ、そうですね……！」

シャーロットも真っ赤な顔でこくこくとうなずいた。

あと買うべきなのは、野菜と細々とした日用品くらいである。

残り一時間ほどの辛抱……そう思っていたものの、あらゆる障害がふたりの前に立ちはだかった。

たとえば青果店で物色していると店主に声をかけられて――。

「おっ、魔王さんいいところに！　これ持っていきな！」

「なんだこのカゴいっぱいのフルーツの盛り合わせは……!?」

「もちろんお祝いの品さ！　お嬢ちゃんにたくさん食べさせてやんなよ！」

「あ、ありがとうございます……」

たとえば以前髪飾りを買った、露天商の女性とばったり顔を合わせて――。

「おや、おふたりさん。奇遇だね。せっかくだし一緒にお茶でもどうだい？」

「ああいや、店主どの。せっかくのお誘いだが、今日は都合が……」

「あはは、そう言わずに。聞いたよ、ようやくくっ付いたんだって？　ご馳走するし、いろいろと話を聞かせておくれよ」

「は、はいぃ……」

たとえば通りがかった子供にからまれて――。

「ねーねー、魔王とおねーちゃんはもうちゅーした？」

「いつけっこんするのー？」

「…………」

「…………」

そんなこんなで買い物が終わったころには日も暮れて、ふたりともぐったりしていた。両手にはあちこちで持たされた大量のお土産が握られている。

アレンは深々とため息をつくしかない。

「なぜこうも見ず知らずの人々から全力で祝われるんだ……？　そこまで俺たちの恋路は見ていて面白かったのか……？」

「み、みなさんいい人ばかりでしたね……」

シャーロットも顔を赤くしつつほうっと息をつく。

しかしそうかと思えば、ぼんやりと遠くを見つめて苦笑いを浮かべてみせた。

「でも、嬉しいです。私が普通に街を歩けて、いろんな人に祝福してもらえるなんて……なんだか夢みたいです」

「シャーロット……」

それに、アレンは少しだけ眉を寄せる。

そうしてきっぱりと告げた。

「夢じゃない。これはれっきとした現実だ。おまえが本来いるべき場所なんだ」

「……はい」

シャーロットは安心したように薄く微笑む。

そんな話をしている折、また話しかけてくる者がいた。岩人族のメーガスだ。

「あ、おふたりさん。ここにいたか」

「なんだ、メーガス……おまえもまさか俺たちを祝いに来たのか」

「いや、俺個人の祝いってわけじゃねえんだけどよ」

彼はぶっきらぼうに背後を指し示す。

そこには彼のバイト先である花屋の馬車が三台分も並んでいて——。

「街のいろんな人からおふたりに花束が贈られたんだけど……馬車三台分になったから、さすがに配達許可を取ろうかと。持ってっていいっすかね、これ」

「この街にはバカしかいないのか!?」

「あ、アレンさん。お祝いしてくださる方々に悪いですよ」

頭を抱えて絶叫するアレンと、それをおろおろとなだめるシャーロット。そんなふたりを、街の人たちやダンジョン帰りの冒険者たちはやはり微笑ましそうな目で見つめていたという。

イケナイ猫耳メイドさん

小説②巻
協力書店購入者特典

その日、街の片隅に、言い逃れのできない不審者がいた。

もちろんアレンである。物陰から半身を乗り出して、大通りのほうを真剣な表情で凝視している。身にまとうオーラはピリピリしているし、いつも以上にその相貌は凶悪だ。その場を通りかかった人々はみなアレンを見るなりぎょっとして、三メートルほどの距離を開けてさっさと逃げていく始末だった。

通報されたとしても申し開きのできない有様だ。

そんな兄のことを、そばのエルーカは可哀想なものでも見るかのような目で見つめていた。

「おにい……そんなに心配なら、今すぐやめさせたらどう？」

「そんなことできるはずないだろう！　あいつがやりたいと言い出したことなんだぞ！」

「はいはい、そーですか」

やれやれ、と肩をすくめるエルーカだ。

大通りへと視線を投げかけて、小さく口笛を吹いてみせる。

「それにしても……あのシャーロットちゃんがバイトだなんて。成長したもんだねえ」

街の大通りは今日も人で溢れている。

そしてそのただ中で、シャーロットがビラ配りを行っていた。

「よ、よろしくお願いします！」

胸にチラシの束を抱えて、一生懸命に通行人へと差し出す。

その初々しさに誰しも目を細め、軽く会釈してチラシを受け取っていった。

「がうがう！」

「かぴー」

「わあ！　もふもふだあ！」

ルゥやゴウセツも鳴いたり芸を見せたりして、ビラ配りに貢献していた。子供たちの人気は絶大だった。

ひと言で言うならば微笑ましい光景である。

エルーカもほのぼのしたように声を弾ませる。

「ミアハさんの紹介なんだっけ？　しっかりしたところだっていうし、なにが文句あるっていうのよ」

「仕事先に関してはなんの文句もない」

ミアハの知り合いが、今日から新しく喫茶店をオープンさせるという。

その宣伝のためにバイトを募集しているということで声がかかり……シャーロットは目を輝かせて飛びついた。

『やります！　お仕事、やってみたいです！』

そういうわけで、今日だけのアルバイトに出かけて行ったのだ。

通行人に振りまく笑顔にも無理をしている様子はなく、日の光に照らされてキラキラしていた。

そんな彼女を見ていると、アレンもじーんと胸にくるものがあった。

「本当に成長したなあ……いやしかし、それは置いておくとして……！」

感動も長くは続かない。

何しろバイトの格好が大問題なのだ。アレンは歯がみして地団駄を踏む。

「なんだあの格好は⁉　いかがわしいにも程があるだろ⁉」

彼女が身にまとうのは、いわゆる猫耳メイドの衣装だった。

頭には髪色と同じ金の猫耳カチューシャを装備して、フリルがふんだんに使用されたエプロンドレスを身にまとっている。シャーロットが動く度に猫耳が揺れ、スカートの端がふわりと拡がった。

胸のあたりを押さえて呻くアレンだが、エルーカは飄々としたものだ。

「えー、なんでよ。可愛いじゃん」

「可愛いのは俺も認めよう……！　だがしかし、こんな往来で惜しげもなく晒していい格好じゃないだろうが！」

正直言ってめちゃくちゃ可愛い。よく似合っている。たまらない。

だがしかし、それを不特定多数の目に触れさせるとなるとアレンの心臓はもう限界だった。

平たく言えば嫉妬である。かといって、あんなふうにシャーロットが楽しそうに働いているところに行って『今すぐやめてくれ』などと言えるはずもなく――こうして物陰から様子を窺うことしかできずにいた。

「ぐううう……あんな制服があると知っていたら、絶対に許可など出さなかったのに……！」

「めんどくさい人だなあ。おっ？」

そこでエルーカが声を上げる。

見ると共通の知り合いが向こうから歩いてくるところだった。

「あれ、お嬢ちゃん？　なんだ、その格好は」

「あっ、メーガスさん」

ならず者くずれの冒険者、岩人族のメーガスである。更生したとはいえ、人間からかけ離れたその見た目はかなりの威圧感を誇る。

だがしかし、シャーロットは臆することなくチラシを向けた。

「どうもこんにちは。よろしければどうぞ、割引クーポン付きなんです」

「へー、バイトかあ。精が出るじゃねえか。でも、あの過保護な大魔王どのがよく許可して
……………」

にこやかにチラシを受け取ったメーガスだが、そこでふっと言葉を切る。

物陰から睨み付けるアレンと、しっかり目が合ったからだろう。

そのまま彼はかぶりを振って、シャーロットからそっと距離を取った。

「悪い……用事を思い出したんで行くわ。邪魔したな」

「いえ、こちらこそ。ありがとうございました」

シャーロットはぺこりと頭を下げてみせた。

そのままメーガスはこちらへやって来て物陰を覗き込む。

「何をやってるんだよ、あんた」

「それはこちらの台詞（せりふ）だ！」

倍ほども背丈の違うメーガスの胸ぐらを掴み、アレンは鬼気迫る形相で吠える。

「貴様、うちのシャーロットに何をしてくれているんだ！」

「ただビラをもらって談笑しただけだっつーの！　あんたも見てたなら分かるだろうが!?」

「十分に大罪だ！　あのいでたちのシャーロットと言葉を交わすなど……この場で俺に叩っ斬（き）られても文句は言えないからな!?」

「めんどくせえ……！　だったら最初からバイトなんかさせるんじゃねえよ!?」

「正論言われてるじゃん、おにい」

エルーカがジト目でツッコミを入れた、そのときだ。

大通りのほうからわいわいガヤガヤと賑やかな声がする。

「あっ、女神様！」

「グローさんたち、こんにちは」

先日ひょんなことからアレンがボコったグロー一味だ。グローと手下たちはメイド姿のシャーロットを見て、目の色を変えてはしゃぎ始める。

「うわあ！　女神様なんすかその格好！　めちゃくちゃ可愛いじゃないっすか！」

「バイトっすか？　大変ですねえ」

「そんなことありませんよ。すっごく楽しいです」

「いやでもほんっとよく似合って……」

「さすがは女神様。なんでも着こなして……」

「あれ？　みなさんどうかされたんですか？」

全員が全員、物陰から鬼の形相で覗いているアレンに気付いたらしい。

デレッとしていた表情を急に引き締めて、一斉にシャーロットから距離を取る。

「あっ、すみません。俺ら用事を思い出したんで」

「チラシだけいただいて帰ります」

「そうですか？　どうぞ、お店のほうにもいらしてくださいね」

シャーロットはひとりひとりにチラシを手渡して、にっこりと笑う。

それが終わった途端、グロー一味はゆっくりと歩き出し……やがて本気の逃走を始めた。もちろんそれをアレンは全速力で追いかける。

「待てこら貴様ら！　大人しくそこに並べ！　全員洗脳魔法をかけてあいつの記憶を消してやるわあ!!」

「そう言われて待つ奴(やつ)がいるかよ!?」

「通り魔のほうがもっと理路整然とした動機で襲うわ!!」

ぎゃーぎゃーと遠ざかっていく怒声と悲鳴を聞きながら、メーガスは呆れたようにぼやく。

「なあ、あの人ずっとこうして見張るつもりなのか……？」

「みたいだよ。不毛すぎるよねえ」

やれやれ、と肩をすくめるエルーカだった。

その後(ご)も顔なじみの冒険者やら街の人々が通りかかり、シャーロットに見蕩(みと)れる度にアレンがガンを飛ばして守護し、なんとかつつがなくアルバイトを終えることとなった。

しかし事件はまだ終わってはいなかった。

「はあ……昨日は大変だったたな」

一夜明け、リビングで紅茶を飲んでいたアレンは深々とため息をこぼす。

いつも飲んでいる安い茶葉でも、ひと仕事終えた今日は何倍も風味が豊かに感じられた。

そんなアレンに、ルゥとゴウセツは白い目を向ける。

『けっきょくママのこと丸一日見てたね、おまえ……』

『シャーロット様が気付かなかったのは奇跡としか言いようがありませぬぞ』

「ふん、なんとでも言え。俺はただ単にシャーロットを不埒な者どもから守っただけだ」

『どちらかというと、貴殿が一番不埒な者でしたからな？』

ゴウセツが冷たいツッコミを入れたちょうどそのとき。

ぱたぱたと軽い足音が響き、シャーロットがやってくる。

「ああ、シャーロット。遅かった……な……？」

「おはようございます。アレンさん」

にこやかに頭を下げるシャーロット。その頭には……あの猫耳カチューシャが飾られていた。

フリフリのエプロンドレスも同様だ。

間近で見るその出で立ちに、アレンは完全にフリーズする。

そこにルゥが物珍しそうに近付いていった。

『ママ、その服どーしたの？　きのう着てたやつだよね？』

「お仕事を頑張ったからって、特別にいただいたんです」

『ほうほう。それはようございましたな。似合っておられますぞ、シャーロット様』

「ありがとうございます、ゴウセツさん」

二匹にはにかんでみせてから、シャーロットはアレンに向き直る。

指先をもじもじとすり合わせて尋ねることには――。

「あ、アレンさんもその……ど、どうですか？」

「…………」

昨日はずっと遠目に見守っていただけなので気付かなかった。

間近で見る猫耳メイドコスチュームの威力は……価値観を一変させるくらいの破壊力があった。

「よく、似合っている……と思う、が……」

噛みしめるようにしてそう言って、アレンはシャーロットの肩に手を置く。

まっすぐ彼女の瞳(ひとみ)を見つめて言うことには――。

「俺の心臓が持たないから、月一くらいの頻度にしてくれると助かる」

『月にいっかいは見たいんだね』

『やはり貴殿が一番不埒でございますぞ』

「は、はあ……そうですか？」

「うっ……！」

きょとんと首をかしげた拍子に猫耳が揺れて、アレンの心臓はぴたりと止まった。

コミカライズも絶好調!!

小説１巻発売と時期同じくして、コミカライズ連載がスタート！　桂イチホ先生が描く漫画の世界でも、様子のおかしいアレンや、とにかく可愛いシャーロットが大活躍♪

『コミカライズも読む』と言わない限り
俺はこの呪いを解除しない！
つまり俺の心臓は…今から3分後に活動を停止する!!
はいぃ!?
さあ
早く決断するといい！
さもなくば…
無実の一般市民が命を落とすことになるぞ!!
なんでそうなるんですか!?

あと
コミックスの宣伝で
命をかけるなんて聞いたことありません！
ふははは！
俺はいつでもベストを尽くす！
さあ
どうする読者諸君！残り2分31秒だ！
付け加えて言うなら…
すでに呼吸がしづらくなってきているぞ!!
ヒュー
ヒュ～
もっとご自分を大事にしてくださいぃ!!

▶小説②巻掲載　コミカライズ告知

ふか田さめたろう

コミック①～③巻 こぼれ話

さめは別名義でもいくつか著作がありますが、自分の作品をコミカライズしていただくのがずっと夢でした。その夢が叶ったのが、本作イケナイ教のコミカライズとなります。おかげで完全に一読者として浮かれつつ応援しております。

毎回ネームと完成原稿を読ませていただいて「OKです!」とメールの返信をするのですが「今回も面白かったなあ」と満足して返信を忘れることもしばしばです。

ちょっと早めに原稿が読めるだけの読者。

なぜか分からないけど巻末にSSを載せてもらえるだけのファン。

それがさめです。よろしくお願いします。

毎回メインのアレンやシャーロットたちだけでなく、モブに至るまで丁寧に作画していただいて感謝しかありません。

基本的に、さめは文章として書く部分以外はあまりきっちり設定しません。作画でお願いしたのは『アレンだけが左利き』などのいくつかのちょっとした設定だけで、モブのビジュアルやアレンの屋敷の間取り、街並みなどの風景は桂先生にお任せです。

そのため、絵になると「こいつはこんな奴だったのか!」とか「ここはこういう間取りなのか!」と解像度が上がり、インスピレーションがもりもり湧きます。それを原作に逆輸入させてもらったりします。

たとえば、コミック一巻収録のSSに登場させた黒猫の飼い主は、アレンの屋敷に肝試しに来た少年たちのひとりです。桂先生がビジュアルを与えてくださったため、彼らはどんな少年だろうと考えた結果このエピソードが生まれました。

少年三人組は小説二巻の書き下ろしでも登場させました。書けていませんが、以降もアレンとシャーロットが街に来たときに冷やかしたり、ルゥと遊んだりと仲良くしています。

逆輸入といえば、二巻でシャーロットに絡んだメーガスの手下AとBにもこっそり名前を付けました。コミック二巻の桂先生のあとがき参照です。彼らもアレンに制裁されて更生し、以降は真面目に生きています。ちょっかいを出した負い目があるせいでシャーロットにはかなり腰が低いです。またそのうち原作でも出したいなあと企んでいるので、再登場するかもしれません。

ちなみに、二巻だとシャーロットの髪飾りを買った行商人――彼女の名前はアンネ・コンスタン。車椅子の青年、ジルの実姉です。そのため、髪色や雰囲気などはジルに近付けていただきました。姉弟だとどこかで語るつもりがなかなか出せず……そのうちエルーカの番外編なんかで書くかもしれません。こんなふうにプロット段階の小ネタが山ほどあります。

書きたいといえば動物園の魔物たちも再登場させたいところ。

動物園回は桂先生が気合いを入れて多種多様なもふもふを描いてくださいました。ウサギや犬やネズミやら……あと忘れちゃいけないフェンリル、地獄カピバラ。どれもこれも愛嬌たっぷり魅惑のもふもふです。これは再登場させないとたいへん勿体ない……!

勿体ないのですが、再登場させた場合また桂先生に大量のもふもふ作画を強いることになるので、そこは非常に悩ましいところです。気軽に『大量の魔物』とか『大勢の冒険者』とか地の文で書いて、あとで申し訳なくなることも多い原作者です。今度フカヒレを贈呈するのでお許しいただきたく……。

イケナイ雨の日

コミックス①TSUTAYA購入者特典

その日は朝から大雨だった。

風も強く、窓ガラスには大粒の雨粒が弾丸のように打ち付けられる。屋敷全体もときおり大きく揺れたので、シャーロットはその度にびくりと身をすくめた。

天井から滴る水滴がバケツに落ちるのをじーっと見つめてから、アレンの顔をそっとうかがう。

「あの……お屋敷、大丈夫でしょうか……？」

「この程度ならびくともせん。安心しろ」

それにアレンは鷹揚に答えてみせる。

この屋敷は築百年ほど経つが、基礎がしっかりしているので危険はない。ただ築年数が築年数のため、多少の雨漏りは仕方なかった。

新しく雫が落ちてきた場所にバケツを置きつつ、シャーロットに笑いかける。

「それに万が一屋敷が倒壊しても大丈夫だ。なんせこの俺がいるんだからな、魔法でどうとでも守ってやるとも」

「……はい」

シャーロットの表情がふんわりと和らぐ。

どうやらアレンのことを信頼してくれているらしい。憂鬱（ゆううつ）なはずの雨の日ではあったが、ほんのりと胸が温かくなった。

「それじゃ、私はお掃除に――」

「いや、今日はいい」

リビングを出て行こうとするシャーロットを呼び止めて、かわりに扉を閉める。彼女の肩に手を置いて、アレンは柔らかく笑いかけた。

「窓を開けたら雨が降り込むしな。こんな日は仕事など忘れて、ゆっくりするといい」

「は、はい。分かりました」

シャーロットはこくこくとうなずいて、ふらふらと部屋の奥へと向かう。

（うんうん。まだあまり主体性が見られないが……まあ、だんだんとマシにはなっているかな）

アレンがシャーロットを拾ってから、十日ほどが経過していた。

最初に比べればずいぶんと笑顔を見せるようになっており、緊張もかなりほぐれている。少しずつではあるものの、彼女はこの静かな生活に慣れ始めているようだった。

（ふっ……床の木目を数えていたときは本当にどうしようかと思ったものだが、これで――）

ひと安心か、と考えかけたものの。

アレンは思考を中断して、シャーロットの肩をガシッとつかんだ。彼女は床に膝をついており、置かれたバケツをじっと見つめていた。

「待った」

「はい？　なんですか？」

「おまえ、今何をしようとしていた……？」

「えっ、あの、アレンさんがゆっくりしろとおっしゃったので……」

シャーロットはそっと天井を見上げる。そこからは雨の滴がぽたり、ぽたりと落ちてきていて——シャーロットは頬をかいて困ったようにはにかんでみせた。

「ゆっくり雨粒でも数えようかな、と思いまして」

「あのな、シャーロット。それはゆっくりするとは言わないんだ」

「そうなんですか？」

きょとんと首をかしげるシャーロットに、アレンが頭を抱えたのは言うまでもなかった。

木目の次は雨粒とは。いったいこれまでの人生でどれだけ虚無的に過ごした時間があったのか、それを考えるだけでアレンの胸は非常にざわついた。

（どうやら……まだまだ徹底的に教え込んでやる必要があるようだな!!）

ぐっと拳に力を込めてから、勢いよく宣言する。

「よし！　今日は雨の日の過ごし方を教えてやる！」

「雨の日の過ごし方……そ、それもひょっとして、イケナイことなんですか？」

「もちろん！　ほらこっちに来て座れ！　早く！　こんな床などに座ったら足が冷えるだろ……！」

「は、はい」

アレンが真剣な顔で迫ったからか、シャーロットはたじろぎつつもソファーにちょこんと腰掛ける。

アレンはその隙に準備を進めておいた。とは言っても、リビングの収納に突っ込んでいた菓子類をテーブルに並べただけだ。あとはキッチンからティーセット一式を持ってくる。

出来上がったのは、ひどく賑やかなホームパーティの光景だ。外の雨はより一層激しくなって雷すら轟いているが、アレンがランプを追加したので部屋の中は一気に明るくなる。

そんなテーブルを見つめて、シャーロットが目を丸くする。

「えっと、これは先日のお菓子の残りですか……？」

「その通り」

アレンは手近な場所にあったイモチップスをバリバリとかじる。イモを薄くスライスして油で揚げた菓子で、街で流行っているというから買ってきた。ほどよい塩気が食欲をそそる。

「今日はこれを食ってだらだらする。以上だ！」

「はあ」

シャーロットは曖昧にうなずいて、マシュマロをひとつだけつまんで口の中に入れる。ゆっくり味わうように咀嚼してから、こてんと首をかしげてみせた。

「いつもと同じで、お菓子を食べればいいんですか？」

「ふっ、それだけじゃない。雨の日はこれに加えて……だらだらするんだ」

「と、言いますと……？」

シャーロットはごくりと喉を鳴らす。

そんな彼女に、アレンは悪い顔でニヤリと笑う。人差し指をぴんっと立てて続けることには
――。

「何もしてはいけない。木目を数えることも、雨粒を数えることもダメだ。ひたすら無為に時間を潰すんだ」

「なっ……む、難しいです。何も数えちゃダメなんて……いったいどうしたらいいんですか？」

「ぼーっと雨音を聞いたり、どうでもいい話をしたりだな。なに、慣れればあっという間に時間が過ぎる」

「本当ですか……？」

「ああ。そもそも雨の日はやる気なんか出ないだろう。そんな日は無理に動かず、何もしないのが一番だ」

そう言って、アレンはイモチップスの袋をシャーロットに差し出した。

「手始めに益体もない話をしよう。ほら、おまえもこいつを食ってみろ」

「おイモなんですか……？　珍しいお菓子ですね」

シャーロットも初めて見たらしく、おそるおそるイモチップスをかじってみせた。

そのままふたりは菓子を食べてお茶を飲みながら、とりとめのない話をした。

明日の天気のこと、買い足さなければならない日用品のこと、アレンが先日読んだ魔法論文について、シャーロットがこの前庭で見つけた花について……。

話題は途切れることなく、ふたりは雨音に耳を傾けながら静かに言葉を交わした。

「ふふふ……アレンさんがそんなことを言うなんて意外です。でも、なんだか分かる気も……あっ」

くすくすと笑い声をこぼしていたシャーロットがふと壁際を見やる。視線の先にあるのは柱時計だ。その針が指し示す時刻を見て、シャーロットは目を丸くした。

「もう一時間も経ったんですね……びっくりです」

「ほら見ろ。だらだらするなんて簡単だろ」

アレンはふふんと鼻を鳴らす。

いつの間にやら雨の勢いは弱くなっていた。窓を揺らす風もささやかなものとなり、屋敷を心地よい音が包んでいる。

シャーロットはほうっと息をつく。

「こんな雨の日の過ごし方があったなんて……私、全然知りませんでした」

「……これまで、雨の日はどうしていたんだ？」

「えっと、あんまり変わりませんね。お掃除をしたり、お部屋にひとりでいたり……いつも通りです」

「……そうか」

シャーロットは困ったように笑うだけだ。

いつも通り、というその言葉をそのまま受け取ることはできなかった。雨に打たれながら掃除させられたり、寒い部屋で凍えていたのかもしれない。そしてシャーロットの顔色を見るに、その悪い予感はおそらく的中しているのだろう。

だが、それをアレンはあえて追及しなかった。

かわりにやるべきことがあったからだ。

「よし、それなら……次はこれだ」

「へ？」

ぱちんと指を鳴らせば、シャーロットの頭の上に一枚のマントが降ってくる。

それを頭からかぶってシャーロットは目を白黒させた。

「な、なんですか、これ？」

「雨合羽だ。それを着れば濡れずに済む」

簡単に着せてやって、アレンはソファーから腰を上げる。そうして示すのは窓ガラスの向こう側だ。

「せっかくだし、これから散歩といこうじゃないか」

「お散歩ですか……？　雨が降っているのに？」

「ああ。小雨になってきたし、運が良ければ虹なんかも見れるかもしれないしな。いつもの景色が、きっと違って見えるはずだ」

そう言って、アレンはシャーロットの顔を覗き込む。

瞳を見つめて、まっすぐに――。

「いいか。これからは雨に打たれる必要なんてない。寒い思いもしなくていい。降りかかる雨粒は、全部この俺が弾いてやる」

そう言って、右手を差し伸べた。

もちろん満面の笑みも忘れない。

「だから行こう。ふたりなら、きっと何をやっても楽しいはずだ」

「……はい」

シャーロットはふんわりと微笑んでアレンの手を取ってみせた。

イケナイおしゃれ大作戦

コミックス② TSUTAYA購入者特典

その日、屋敷にはエルーカが遊びに来ていた。

先日大量に購入したシャーロットの服を整理して、コーディネートなどを教えてあげるという名目だ。ふたりはシャーロットの私室にこもってずっとバタバタと忙しなくしている。

その真下に位置するリビングで、アレンは天井を見上げてぼやく。

「あいつ……本当に大丈夫なのか？」

たんにふたりがファッションショーを楽しむだけなら、こんなに気を揉むことはない。

妹がやってきた本当の目的は、アレンの頼み事にあった。

『あいつの体……まだ本人ですら知らない傷痕があるかもしれない。俺が確認するわけにもいかないし、こっそり見てやってくれないか？』

背中に刻まれた鞭の痕はきれいさっぱり消してしまった。しかし、他にもまだ何か隠れていないとも限らず……同じ女性であるエルーカなら確かめることも容易なので調査を依頼したのだ。

妹は二つ返事で了解してくれた。そして今、エルーカは部屋でシャーロットの体を確かめているはずで——おかげでアレンは気が気でない。結果次第ではシャーロットの実家に対する憤懣がさらに爆発しかねないし、それをシャーロットにバレないように耐えるのも難しそうだ。

ため息をこぼした、そんな折だ。

「おにい、大変だよ！　早く来て!!」

「っ……!?」

エルーカの声が屋敷中に響き渡った。アレンは弾かれたようにリビングを飛び出し、まっすぐ二階へ向かってシャーロットの部屋の扉を勢いよく開く。

「どうした！　シャーロットは無事、か………」

振り絞った声が、途中から喉の奥へと消えていく。

アレンを出迎えたのは、満面の笑みのエルーカだった。愚妹がニコニコと示すのは、真っ赤な顔で立ち尽くすシャーロットで――。

「見て見ておにい！　あたしとお揃い！　めちゃくちゃ似合ってるでしょ！」

「ふ、ふええ……」

猫耳フードに、鎖骨と脇とヘソを出した大胆スタイル、そして超ミニスカート。愚妹とまったく同じ出で立ちをしたシャーロットを前にして、アレンはピシリと凍りつく。そして、次の行動に迷いはなかった。

「公序良俗を学べ！　痴女!!」

「あ、アレンさん!?」

洗脳魔法を己にかけて、アレンはその瞬間の記憶をきれいさっぱり消し去りぶっ倒れた。

◇

アレンが意識を取り戻したのち、三人揃ってお茶の時間となった。というより、アレンが無理やりふたりを部屋から引っ張り出してきたのだ。

真正面に座る妹を睨み付けながら、わなわな震えつつ説教を始める。

「おまえがどんな趣味嗜好をしていようが口出しする気はない。だがしかし……うちのシャーロットを巻き込むな！」

「えー、なんでよ。可愛かったじゃん。ねえ、シャーロットちゃん」

「えっ……そ、その、可愛いと思いますけど……私にはハードルが高かったといいますか……」

ごにょごにょと言葉を濁すシャーロットは、いつもの格好に着替えていた。

真っ赤になってうつむくその姿を見て、アレンの心臓は誤作動を起こしそうになる。

目にした光景の記憶は消したものの、とてつもないものを見たというぼんやりとしたイメージだけが残ってしまい、かえって悶々とする結果となっていた。

（シャーロットの体に、他の傷痕がなかったのは幸いだが……人選を間違えたな⁉）

こんなことならミアハに頼むんだった。

アレンが頭を抱えていると、エルーカはぶーっと頬を膨らます。

「おにいはそう言うけどさあ。シャーロットちゃんも、あたしみたいな格好したほうが絶対いいと思うんだけどなあ」

「断じて認めん！　おまえのような露出、破廉恥にも程がある!!」

「違う違う。ほら、シャーロットちゃんってば不本意ながらお尋ね者じゃん。そんなお尋ね者のご令嬢様が、こーんな大胆な格好して街を歩くなんて、誰も思わないはずでしょ？　目くらましにはちょうどいいと思うんだけど」

「……ふむ？」

言われてアレンは顎に手を当てる。

たしかに、出回っているシャーロットの手配書はきれいに着飾ったいかにもご令嬢といった華美な出で立ちだ。エルーカのような奇抜な格好からはかなりかけ離れたイメージとなる。

「……なるほど。たしかに一理あるか？」

「ええええええ!?」

不本意ながらうなずけば、シャーロットが悲鳴を上げた。真っ赤な顔で、首をぶんぶん横に振る。

「む、無理ですよ！　エルーカさんならともかく、私にあの服は似合いません……！」

「えー、可愛かったと思うんだけどなあ。ねえ、おにい」

「俺は忘れたからなんとも言えん……」

似合っているかいないかで聞かれれば、たぶんなんでも似合うとは思う。しかしそれを言葉に出すのは非常に憚られた。

アレンが渋い顔で黙り込んだ隙に、エルーカは人差し指を立ててにこやかに言う。

「せっかくだし、さっきのあたしとお揃いの格好で街まで遊びにいかない？　双子コーデってやつ！」

「えっ、えっ、で、でも、さっきみたいにお腹が出る格好はちょっと恥ずかしくって……」

「じゃあトップスだけ変えたらいい？　この前買った中から選んであげる！　スカートはあれでいいよね？」

「す、スカートももう少し長いほうが……」

「ええー。あれくらいみんなはいてるよ。たまには冒険しなきゃ！　ね？」

「うっ、そ、それなら……はい」

「やった、それじゃ決まり！　髪もまた編んであげるね〜♪」

「はわわ……!?」

「義理とはいえ、押しの強さは俺と似てるよなあ……」

シャーロットの手を引いて部屋まで駆けて行くエルーカを、アレンは遠い目をして見送った。

かくして三人は急遽街に出ることになった。シャーロットの出で立ちをまじまじと見つめ、エルーカは得意げに顎を撫でる。

「ふふーん、我ながら完璧なコーディネートだよ」

「ううう……は、恥ずかしいです……」

真っ赤な顔でもじもじして、シャーロット（黒髪）はミニスカートから覗く太ももをすり合わせる。

エルーカの格好に比べるとまだ大人しめだが、スカートは短いし、全体的に肌の露出が多い。

アレンももちろん眉を寄せる。

「いくら正体を隠すためとはいえ、服装はもう少し大人しくてもいいだろ」

「そうは言うけどさあ。ふたりとも、周りをよーく見てみなよ」

「周り、ですか……？」

あたりに視線を向けると、道行く一般市民の姿が見える。もちろんなかには若い女性も多く、シャーロットのようなミニスカートをはいている者もいた。彼女らを指し示して、エルーカは堂々と言ってのける。

「ほら、これくらいのファッションは普通でしょ？　そもそもほとんど服を着ない種族だっているんだしさ」

「たしかに……みなさん、堂々としてらっしゃいます」

「そういうこと♪」

エルーカは悪戯っぽくウィンクして、シャーロットの手をぎゅっと握る。

「シャーロットちゃんこれまでおしゃれなんかできなかったでしょ、その分いっぱい楽しまないと！」

「は、はい！　頑張ります！」

「そんなに意気込むようなことか……？」

盛り上がる女子勢をよそに、アレンは頬をかく。

（露出はいただけないが……シャーロットが新しいことに挑もうというのなら応援するべきか？）

無欲だった少女が一歩を踏み出そうとしているのだ。保護者としてアレンにできるのは、見守ることかもしれない。

ひとり納得するアレンをよそに、女子ふたりは手を取り合って歩き出す。

「そういうことで、いざ出陣！　今日は買い物のあとはパンケーキを食べに行くよ！　女の子のイケナイことを教えてあげよう！」

「はい！　よろしくお願いします！」

「まったく仕方ないな。俺も付き合おう」

体の傷痕がないことは確認できたし、ひとまず今日の目的は達成した。アレンは気軽な気持ちでふたりの跡を追うのだが――。

「おいおい。見ろよ、あの子たち。めちゃくちゃ可愛くないか？」

「うわ、ほんとだ。この街にあんな子いたんだなあ」

「あああん……!?」

「「ひっ!?」」

後方からそんなひそひそ話が聞こえてきたので、全力でガンを飛ばす。アレンの眼光に怯え、なんの変哲もない男ふたりがそそくさと逃げて行った。

（ちっ、不埒な奴らめ。しかしこれでひと安心……む!?）

そこで視線を感じてぐるりとあたりを見回す。するとあちこちで「可愛い……」だの「声かけようかな……」などという不届きな奴らがゴロゴロいて――。

「あれ、アレンさん。どうかしましたか？」

「っ……いや、なんでもない。ははは」

首をかしげるシャーロットに、アレンは朗らかに笑う。そのついで、彼女に気付かれないように周囲の男たちを威嚇した。

シャーロットは人目を引く容姿らしく、これまでにもこんなことが何度かあったが、今日の頻度はいつもの比ではなかった。

（まさか、こんな格好をしているからか……!?　だから余計に悪い虫が付きまとうのか……!?）

そこから先は、一瞬たりとも気の抜けない戦いとなった。行く先々でシャーロットらは注目を集め、その度アレンは眼光で外敵を散らし――。

「楽しかったー！」

「はい。とっても美味しかったです」

夕方になったころ、エルーカとシャーロットは買い物袋を提げて大通りを歩いていた。

ミニスカートにも少し慣れたのかシャーロットの顔からは赤みが引いている。かわりに浮かぶのは満面の笑みだ。

「こんな格好で街を歩くなんて、ちょっと前まで考えたこともありませんでした。誘ってくださってありがとうございます、エルーカさん」

「えへへ、どういたしまして！」

「アレンさんも今日は一日……あ、アレンさん？」

後ろを振り返り、シャーロットは足を止める。アレンがげっそりと疲弊していたからだろう。心配そうに顔を覗き込んで小首をかしげる。

「なんだかお疲れみたいですけど……大丈夫ですか？」

「いや何……そういう服は気に入ったか？」

「はい。まだ少し恥ずかしいですけど……」

「そうか、そうか」

はにかむシャーロットに、アレンは噛みしめるようにしてうなずく。彼女の肩にぽんっと手を乗せ――真顔で懇願した。

「そういう服を着て出掛けるときは、必ず俺を護衛として連れて行け。いいな？」

「ご、護衛……ですか？」

「過保護～～」

戸惑うシャーロットの隣で、エルーカはけらけらと笑ってみせた。

イケナイ誤解

コミックス③
TSUTAYA購入者特典

二泊三日の旅行は、非常に実りの多いものとなった。

温泉やグルメを満喫し、動物園も訪れた。ひょんなハプニングからフェンリルの子供を連れ帰ることにはなったものの……総じて平和に終わった。

そうして屋敷に戻って数日後、アレンはシャーロットを連れて街を訪れていた。フェンリルの子供はまだ他の人間に慣れていないので留守番である。

街の入り口をくぐってすぐ、顔見知りと出くわした。

「あっ、魔王さんとシャーロットさんですにゃ。こんにちはですにゃー」

「こんにちは、ミアハさん」

「ミアハぁ!!」

穏やかに挨拶するふたりの間に割って入り、ミアハの肩をガシッと摑む。そうして至近距離で凄みを利かせるのだが――。

「旅行を融通してくれたことには感謝しよう。だが……あのプランはなんだ?」

「カップル・夫婦向けの宿泊プランですがにゃ?」

「く、曇りのない目……！」

「か、かっぷる……ふうふ……」

ミアハは悪びれることもなくきっぱりと言ってのけた。

シャーロットは顔を赤くして目をそらす。

ホテルでそんな扱いを受け、非常に気まずい思いをしたのだ。そう訴えるも、ミアハは平然と笑う。

「だって、予算内で一番グレードの高いプランがあれだったんですにゃ。あれこれたくさん調べたんですから、感謝してもらいたいものですにゃー」

「そ、それは恩に着るが……」

「おーまーけーにー……」

声をひそめて、ミアハはこそこそとアレンに告げる。いたずらっぽく笑みを深めて――。

「シャーロットさんの水着姿、さぞかしご堪能(たんのう)したのでは？」

「おーまーえー……！」

「にゃははー！　それじゃ、ミアハは配達があるので失礼しますにゃー！」

顔を真っ赤にして叫ぶアレンに、ミアハはひらりと手を振って通りの向こうに消えていった。

それを見送り、アレンはため息をこぼす。

「えーっと……ともかく買い物を済ませるか」

「は、はい」

シャーロットもこくこくとうなずいて、ふたりぎこちなく歩き出すのだった。

街は今日も賑やかだ。その活気に親しむうちに、互いの顔から赤みが引いていった。

人通りの中、シャーロットはこそこそとアレンに話しかけてくる。

「でも……またお買い物に連れてきていただいてよかったんですか？　変装しても、やっぱり私はお尋ね者ですし……」

「なに、二度も出かけて無事だったんだ。俺も付いているし平気だろう」

その心配を、アレンは軽く笑い飛ばす。

シャーロットは髪を黒く染めているし、通行人は誰ひとりとして疑いの目を向けてこない。

たしかに人目を避けて屋敷にこもっているのが一番安全だろう。だがそれでは息が詰まってしまう。

「街でしかできないイケナイことというのもある。そのためにも外出は必須だ」

「イケナイこと……この前のお買い物ですか？　お洋服をずいぶん買っていただきましたし、もうしばらく大丈夫ですよ」

「それもあるが……たとえばそうだな。店主、そのジュースをひとつくれ」

「はいよ、まいどあり」

通りがかった露店でジュースを買い求め、ひと口飲む。

それをシャーロットに手渡してニヤリと笑ってみせた。

「こんな買い食いなんて初めてだろう？　こういうのも立派な経験だ」

「ふふ……そうかもしれませんね」

シャーロットも薄くはにかんでひと口。ふたりで笑い合えば、店主の女性もまた笑みを深めてみせた。

「仲良いねえ。見ない顔だけど新婚さんかい？」

「は……？」

「しんっ……!?」

その単語に、ふたり同時にぴしっと凍り付くはめになった。せっかくその話は終わったのに、また別口で蒸し返された。

真っ赤になって固まるシャーロットにかわって、アレンはしどろもどろで弁明する。

「い、いや、店主どの。俺たちは決してそういう関係では……」

先日、ホテルでも使った釈明だ。

しかし店主は不思議そうに首をひねる。

「はあ？　仲良くジュースをシェアするなんて、新婚さん以外にあるのかい？　間接キスってやつじゃないか」

「うぐうっ……!?」

言われてみればその通りである。完全に無意識だった。ゆでダコのように赤くなるふたりをよそに、隣の露店主が口を挟んでくる。

「ちょっとちょっと、あんた知らないのかい？　この人が噂の大魔王さんだよ」

「あらまあ！　この人が噂の!?」

店主の女性は目を丸くしてから、申し訳なさそうにアレンに頭を下げる。

「ごめんねえ、デリカシーのないことを言って。悪気はないんだよ」

「き、気にしないでくれ……では」

「し、失礼します……」

ふたりはぎこちなくまた歩き出す。

その背に、店主ふたりの話し声が聞こえてきた。

「本当に噂通りくっ付いてないんだねえ……」

「実際に見るとびっくりするだろ？」

その物珍しそうな会話に、アレンの心臓はますますおかしなリズムを刻みはじめる。

（くそっ……！　意識してしまう……！）

シャーロットも真っ赤な顔でうつむいたままだし、間が持たなかった。きょろきょろとあたりを見回してハッとする。

「そ、そうだ。歩き疲れただろ。カフェに入って休まないか」

「はい！　ぜひお願いします！」

街に来てまだ十分と経っていないし、今しがたジュースを飲んだばかりだ。しかしシャーロットは異議を挟むことなく、力強くうなずいた。間が持たないのはアレンと同じらしい。

こうしてふたりは目に付いたカフェに入ることにした。するとすぐに、満面の笑みを浮かべたウェイトレスが対応してくれる。

「いらっしゃいませ！　二名様ですか？」

「ああ。席は空いているか？」

「もちろんでございます」

ウェイトレスはにっこり笑い、店内を指し示す。

落ち着いた内装の店だ。談笑する客層もさまざまで、これならゆっくりと時間を過ごすことができるだろう。

そう油断したそのときだ。ウェイトレスが指し示す席を視界に入れて、アレンはまた凍り付くこととなる。

「……なんだ、あの浮かれたピンクの席は」

「……テーブルがハートですね」

「カップル様限定のお席でございますが？　ちょうど空いておりますしご案内いたしますね」

「カッッッ……!?」

「ふ、ふえぇ……」

またこの展開である。

やや慣れたアレンは――こんな展開、慣れたくはなかった――ウェイトレスに即座に頼み込む。

「すまない……普通の席にしてもらえると助かるんだが？」

「えっ、ですがあの席は今カップル様に人気の――」

「こ、こらバカ！」

そこで、厨房からコックが大慌てで出てきて叫ぶ。

「この人が大魔王さんだよ！　知らないのか！」

「ええっ!?　この人が噂の……!?」

先ほどの露店主と同じような反応をするウェイトレスだった。いったいどんな噂が流れているのか。

顔をしかめるアレンに、彼女は深々と頭を下げる。

「申し訳ありません……絶妙な距離感であろうこの時期に、先ほどのような対応は不適切でしたね。別の席に案内させていただきます。普通のふたり席だけど、ちょっと狭くて、足とか手とかがふとした拍子に触れ合っちゃいそうな……そんな特別席に！」

「だーかーらー……普通の席でいいんだ！　普通の席で!!」

その後も行く先々でカップルやら夫婦と間違えられ、しどろもどろで否定し続けることとなった。

おかげで買い物を終えて屋敷に戻るころには、ふたりともすっかり疲弊してしまっていた。

「えーっと……少し休んでから夕飯にするか」

「そ、そうですね……」

家に帰ってからも会話は途切れがちで、ひどく気まずい。

そこに元気のいい足音が近付いてくる。白銀の毛並みを持つフェンリルの子供だ。

シャーロットの姿を見つけると、目を輝かせて駆け寄っていく。

「わふっ！　がうわうっ！」

「ただいま戻りました。いい子にお留守番してくださって、ありがとうございました」

「ぐるるぅー」

「わわっ、く、くすぐったいですよ……！」

顔をぺろぺろと舐められて、シャーロットはくすくすと笑う。

その自然な笑顔を、アレンはしばしぼーっと見つめてしまった。

（カップル……恋人……なあ…………）

それと同時に脳裏をよぎるのは、今日幾度となく投げかけられた単語で。

しかしアレンはかぶりを振った。それらすべてを思考の彼方(かなた)へと追いやって、固く決意する。

（よし、忘れよう。うん）

まさかその数日後、思いもよらない出来事でいろいろ自覚することになるとは、このときはまだ考えもしていなかった。

IKENAI Dining

みわべさくら先生によるイケナイグルメの数々をご紹介！

小説3巻 ストーリー紹介

イケナイ前夜祭

ある日の一家団欒中、妙に嬉しそうなシャーロット。アレンが珍しく思って理由を聞くと、「明日が十八歳の誕生日なんです」と！初耳の事実に固まるアレンをよそに、次々に届くプレゼントの山。恋人になったからには最高のプレゼントを用意せねばならぬ！と意気込むアレンだが、いつも通りの空回り。

結局何も渡せぬまま夜になり、二人きりになれたとき。

「わ、私、明日で十八歳になるんです……」

「大人に、なります……」

「大人のイケナイことも……アレンさんが、教えて……く、くださるん、です、か……？」

アレンの心臓はもつのか……!?

聖女の願い

シャーロットの中に突如現れたリディリアと名乗る幼女。曰く、彼女は三百年前に生きていた聖女で、シャーロットの前世的なアレらしい。

うっかり表面に出てきてしまったというリディリアの願いは、この世を去ること。冷め切った物言いの彼女にもイケナイことを教えてほしいとシャーロットに頼まれたアレンは――。

イケナイ家族旅行

雪山の秘境宿で豪華旅行を楽しむ一行。ドロテアご招待のその高級宿は、要人もお忍びによく使うらしい。そして偶然か否か、ある一室ではシャーロットの元婚約者・セシル王子と、義母のコーデリアがまさに相引きの最中だった！

ふか田さめたろう

小説③巻 こぼれ話

第一部完となる小説三巻です。もともとこのオチは書き始めた当初から決めていましたが、１巻分くらいの分量の予定でした。長くなった結果、三倍に膨らみました。

話自体もここで終わらせるつもりでしたが、まだまだ書くことがあるなということで第二部突入。小ザメが生まれて私生活がバタバタしてあまり執筆が進んでおりませんでしたが、これからもりもり書いていきます。

表紙はレギュラー大集合のため、人数多めでみわべ先生も大変だったかと思います。新キャラ・リディがかわいい！

とうとう娘ができた大魔王＆女神夫婦です。まだ結婚もしていないのに。

リディは老成して悟ったふりをしたお子様というコンセプトで、なんだかんだ言っても中身は年相応のちびっ子です。

捻くれ者同士、アレンとウマが合う上に、アレンもアレンでリディの本音を見抜いてやりたい遊びを提案したりもするので、リディは口ではつんけん言いつつも大いに懐いています。

シャーロットに対してもべったりです。そのうち魔法学院に体験入学する話も書きたいところ。叔母のナタリアとバッチバチにやり合うはずです。

そして、今巻でようやくちゃんと登場したセシル王子とコーデリア。

セシルとシャーロットの婚約が決まったのが十年ほど前。その時点でセシルはシャーロットのことを満更でもなく思っていましたが、メイドたちが妾腹と噂しているのを偶然にも聞いてしまい、騙されたと大激怒。どうにかして婚約を白紙にして、さらにはエヴァンズ家にひと泡吹かせたい……と画策している最中に出会ったのがコーデリアでした。

最初は利用してやろうと近付いたわけですが、コーデリアもコーデリアで実家に言われるままにエヴァンズ家に嫁いできた自分の人生に不満を覚えていることを知り、セシルは自分と重ねて共感。いつしか本当に愛し合うようになりました。

打算から始まったふたりですが、互いを思う気持ちは本物でした。

ドロテアによって悪事が暴露されたあとは、療養生活という名の謹慎処分をふたり揃って王家から食らっています。へたに追放しては外聞が悪いが、お咎めなしだと国民が納得しないだろうということで半端な処分です。

王家としては、そのうち事態が沈静化したら都に戻すか、適当な田舎の領土を与えてやるつもりですが……ふたり、特にセシルが腹に据えかねているので何かしらやらかします。

そちらも第二部の四巻以降で書く予定です。

そういうわけで、原作は第二部へと移り変わります。

第二部はセシル王子によって仕向けられた刺客をボコったり、シャーロットにプロポーズしたり、結婚式を執り行うためにいろいろ準備したり……そんなふうに忙しくしつつも、イケナイことを堪能してアレンとシャーロットの世界はますます広がります。

このコメントを書いている今はまだプロット段階なので、気長にお待ちいただければ幸いです。

イケナイ庭いじり

小説③巻
TSUTAYA購入者特典

ドタバタした冬が明け、アレンらの屋敷にも春の気配がやってきた。

森には新緑が芽吹きはじめ、冬眠していた生き物たちがのっそりと起き出す。

そんなある日のこと、アレンは庭に出ていた。

「このあたりか。そら」

ぱちんと指を鳴らせば、立ち枯れていた植物らが一瞬で灰になり、荒れた土も耕された状態へと変化する。出来映えをざっと確認して、アレンは懐から皮袋を取り出した。

「よし、次はタネ植えだ。手伝ってもらえるか、シャーロット」

「もちろんです。でも、タネ植えは魔法でできないんですか？」

「こういうのは直に土の感触を見て植えたほうが効率的だからなあ」

ふたりして軍手を装備し、準備を進める。

それを物珍しそうにじーっと見つめるのは、最近家族に加わったリディだ。

「アレンに庭いじりの趣味があったとは驚きなのじゃ。人は見かけによらぬのう」

「俺のは実益重視だ。薬草を植え替えようと思ってな」

「ふーん……」

そっけない相槌を打ちつつも、リディは興味津々だ。

自分の背丈以上の箒を持ってみたり、ガーデニング道具を手にして観察したりしている。

やがて適当な土を掘り起こして——。

「ひえっ!?」

素っ頓狂な悲鳴を上げた。

真っ青な顔で飛びつくのはシャーロットの膝元だ。

「み、ミミズじゃ！　ママ上、助けてほしいのじゃ！」

「えええっ!?　ちょ、ちょっとそれは私も……！」

「まったく。どれ、見せてみろ」

あたふたするふたりをよそに、アレンはミミズをつまんで遠くへ捨てた。

すると、リディは尊敬とドン引きの入り交じる目で見つめてくる。

「アレンはすごいのじゃ……あんなの、わらわは絶対触れぬのじゃ」

「そう邪険にするな。あいつらのおかげで土が育つんだからな」

手に付いた埃を軽く払い落とし、アレンは笑う。

しゃがみ込んでリディに目線を合わせ——。

「もしも興味があるなら……そら」

「わわっ!?」

そっと人差し指を向けた先に魔法を使えば、荒れ果てた花壇が瞬く間に整備されていった。

支柱が等間隔で立ち並び、真新しいレンガが飛んできては周りを囲う。最後の締めくくりとして、小さな立て札が突き刺さった。そこに書かれているのは――。

「『リディの花壇』……?」

「おう。あの一画はおまえ専用だ」

ぽかんと口を開くリディの手に、一枚の金貨を握らせる。

「街に行って、花のタネを買ってこい。おまえの好きなように育ててみろ」

「よ、よいのか!?」

リディの顔がぱっと明るくなる。

しかしそれも長くは持たず、すぐにしゅんっと肩を落としてしまった。

「でも……わらわ、花など育てたことはないし……もしも枯らしてしまったら、可哀想なのじゃ」

「その心配は無用だ。俺がちゃんと教えてやるとも」

小さな頭を撫でて、アレンはニヤリと笑いかける。

「ともかく一度挑戦してみろ。そうして初めて見えてくるものもあるからな」

「パパ上……よしっ、分かったのじゃ!」

リディは真面目な顔でうなずいた。

金貨を握りしめ、屋敷のほうへ駆けていく。

「ルゥ！　わらわの凱旋に随行する権利をやるのじゃ！　さすれば褒美として肉を授けん！」

『わーいわーい！　お散歩だ！』

『ならば儂も同行いたしましょうかな』

その背を見送って、シャーロットがくすりと笑みをこぼしてみせた。

「ふふ。アレンさんったら、すっかりお父さんですね」

「ま、情操教育にはいいだろう」

「そうですねえ。どんなお花畑になるのか、私も楽しみです」

両手の平を合わせて、シャーロットはにこやかに言った。

こうしてリディによる庭仕事の日々が始まった。

メーガスのバイト先で買い物して、ずいぶんオマケしてもらったらしい。

多種多様な花のタネと肥料を抱えて帰ってきてすぐ、アレンは育て方のレクチャーを行った。

タネ植えも付きっきりで指導して、水のやり方や肥料を足すタイミングなども教え込んだ。

初めての園芸が、リディはとても楽しかったらしい。

覚え始めた拙い字で教わったことをメモし、観察日記まで付け始めた。

「むにゃむにゃ……もっとおーきく育つのじゃー……」

「ふふふ」

観察日記を書きながら寝落ちしたリディに、シャーロットはそっとブランケットを掛ける。

線と楕円が入り交じったイラストは、何を記したものなのかよく分からない。

それでもシャーロットは目を細めて笑うのだ。

「よかったです。リディさん、とっても楽しそうで」

『でもさあ……ママ、ほんとにあれでいいの？』

「えっ、何がですか？」

『シャーロット様が容認なさるのでしたら、儂はとやかく言いませぬとも』

「何が……？」

渋い顔をするルゥやゴウセツに、シャーロットはきょとんと目を白黒させた。

そんなこんなで、リディが花壇の世話を始めてからあっという間に一カ月ほどが経過した。

転機のきっかけとなったのは、よく晴れた穏やかな朝のことだった。

リビングで新聞を広げていたアレンのもとに、リディが満面の笑みで走ってくる。

「やったのじゃ、パパ上！　花が咲いたのじゃ！」

「何っ⁉」

その知らせに、アレンはガタッと腰を上げる。

朝食の準備をしていたシャーロットもぱっと顔を輝かせた。

「リディさんのお花、もう咲いたんですか。見せていただいてもかまいませんか？」

「もちろんなのじゃ！　つぼみのときはママ上も見たか？」

「いえ。どんな花が咲くのか楽しみにしようと思って、お庭は覗かずにいたんです」

『そのまま見ずに終わらせたほうがいいと思うよ、ママ』

『シャーロット様、御身は必ず儂らがお守りいたします』

「ふ、ふたりとも、お花は嫌いなんですか？」

渋い顔をする二匹に、シャーロットは目を瞬かせる。

そんな中、アレンはリディを抱き上げて頭を撫で回すのだ。

「よくやったじゃないか、リディ。あの花は専門家でも咲かせることが難しい種だ。それを育て上げるとは……初心者とは思えん。胸を張っていいぞ」

「うふふ、パパ上の教えのおかげなのじゃ。ほんのちょーっとだけじゃが」

リディは満面の笑みである。

「よし、朝食前にお披露目会といこうじゃないか！　行くぞ、シャーロット！」

「はい！　楽しみです！」

目を輝かせるシャーロットをよそに、お供の二匹はげんなりとため息をこぼしてみせた。

かくして一家揃って庭に出ることにした。一カ月前にタネを植えたばかりの薬草たちもすっかり成長し、もう少しで収穫できるまでになっている。

「えっと、リディさんの花壇はあっち…………はい？」

庭に出てすぐ、シャーロットがぴしっと凍り付いた。

視線はリディの花壇に釘付けである。

予想通りのその反応に、アレンはふっと不敵な笑みを浮かべる。

「驚いたようだな、シャーロット。リディの才能に！」

「ふっふーん。リディはすごい子なのじゃ！」

「い、いえあの、才能は分かるんですが……」

意気揚々とする親子をよそに、シャーロットは震える指先を花壇に向ける。

「あれ……なんですか？」

「人食い植物改良型だ」

「マンイーターマークセブンなのじゃ！」

自信満々で答える親子をよそに、ルゥとゴウセツが『あーあ』という気の抜けた声を上げた。

花壇に屹立（きつりつ）していたのは、巨大な植物だ。

茎は大樹と見まがうほどに太く、そこから無数のツタが伸びてうねうねと揺れる。

そしてその先端には、太陽を覆い隠すほどに大きな花が咲いていた。花弁は赤と紫が入り交じる毒々しい色合いで、本来めしべがあるべき中央部分にはびっしりと牙（きば）の生え揃った口が開いている。

「キョ……キョエエエエェェエ!!」

庭にアレンらがやって来たのに気付いたのか、人食い植物は元気よく雄叫びを上げた。

「おおっ、鳴き声も素晴らしいな！　品評会に出せるレベルだぞ、これは！」

「リディが毎日話しかけたおかげなのじゃ」

盛り上がるアレンらの隣で、シャーロットは遠い目をしていた。

しかし気合いを入れるように息を吐き、ぎこちない笑みを浮かべてみせる。

「思っていたのとちょっと違いましたけど……あんなに大きなお花を育てるなんて、リディさんはすごいですね」

「わーい！　ママ上にも褒められたのじゃ！」

「さすがは俺たちの娘！」

アレンはリディを持ち上げてくるくると回る。

それだけ切り取れば仲睦まじい親子のシーンだ。背後に巨大植物がうねうねしている点を除けば。

シャーロットは遠い目をしてぼやく。

「どうしましょう……あれ」

『一応、ルゥたちは襲わないよう躾けられてるみたいだよ』

『ま、こうなったら防犯設備として割り切るしかないでしょうな』

そんなシャーロットのことを、二匹は軽く励ますのだった。

こうしてアレンの屋敷の庭に謎の植物が爆誕し——森の野生動物を追い払ってくれて、さらに人食い植物の触手に親しんだおかげでリディがミミズに触れるようになり、シャーロットもすぐに慣れて、ほどよく一家に馴染むこととなった。

イケナイ料理教室

小説③巻
協力書店購入者特典

それは、様々な騒動が落ち着いたある日のことだった。

シャーロットが突然、こんなことを言い出したのだ。

「料理教室……だと？」

「は、はい。体験講座が明日あるみたいなんです」

「どれどれ」

アレンは手渡されたチラシに目を落とす。

どうも街で最近流行(はや)りの教室が発行したものらしく、その体験講座の案内が書かれていた。

今日、エルーカたちと買い物に行った際に手渡されて、がっちりと心を摑まれたらしい。

シャーロットの瞳には闘志の炎がメラメラと燃えている。

「家族も増えたことですし、みなさんにもっと美味しいごはんを作ってあげたいんです。だから、その……行ってみてもかまいませんか？」

「もちろんだとも」

アレンは二つ返事でうなずいてみせる。

新しいことに挑戦するのはいいことだ。

しかもそれがシャーロット自ら興味をそそられたものだというのだから、ことさら応援する他ない。床の木目を数えていたころと比べればずいぶんな成長だ。

「存分に学んでくるといい。どんな料理を作ってもらえるのか、俺も楽しみにしていよう」

「ありがとうございます！」

シャーロットはぱっと花が咲いたように笑う。

そこに、遊びに来ていたエルーカとミアハが口を挟んできた。

「へー。シャーロットちゃん、その教室に参加するんだ」

「はい。エルーカさんたちもご一緒にいかがですか？」

「ごめんね、あたしはパスかな。その日は用事があるんだー」

「ミアハも仕事ですにゃー。お誘いいただいたのに申し訳ないですにゃ」

「いえいえ、私ひとりでも頑張ってきます！」

「ファイトですにゃ。ああ、でも……くれぐれも気を付けてくださいにゃ？」

アレンをちらっと見てから、ミアハは意味深な笑みを浮かべて言う。

「ミアハの知人が、そこで参加者の男性からしつこいナンパを受けたそうですにゃ。もしそんなことがあったら、毅然とした態度でノーを突きつけなきゃダメですにゃ」

「あー、料理教室って女の子が多いもんね。ナンパ目的もいるかー。気を付けてね、シャーロットちゃん」

「な、ナンパ、ですか……？」

シャーロットはきょとんと目を丸くするのだが、すぐに苦笑してみせる。

「大丈夫ですよ。私みたいな地味な子に――」

「シャーロット」

「は、はい？」

そこにアレンは口を挟んだ。

シャーロットの肩をがしっと摑み、まっすぐその目を見つめて言う。

「俺もその料理教室とやらに行こう！　ボディーガードとして！」

「へ？　えっ？」

「出たよ、過保護大魔王」

「まあまあ、そのほうが安心ですにゃー」

そんなわけで、ふたり一緒にその料理教室へ参加することとなった。

街の奥まった場所に建つ一軒家が会場だった。目立たない立地ではあるものの、講座は盛況でアレンらの他にも多くの人々がいた。本当に人気の教室らしい。

教師も、街で人気のレストランを開くシェフだった。

集まった面々を見回して、卵をかざしてみせる。

「それでは、今日のお題はオムライスです。みなさん、楽しく作りましょう」

「は、はい！」

シャーロットは目をキラキラさせて意気込んでみせる。

今日は三角巾とエプロンというばっちりスタイルだ。その似合いように、隣のアレンは目を細める。ちなみにアレンも同じ格好で、似合っていない自覚はあった。

（うんうん、楽しそうでよかった。そうなってくると心配なのがナンパ野郎だが……）

会場内をざっと見回す。

参加者は女性が多めで、出会いを求める不埒な男にとってはたしかに格好の狩り場だろう。

だがしかし目に付く範囲内の男性たちは、みな真剣に取り組んでいるようだった。

「一応ついては来たが……これならナンパとやらも杞憂に終わるか」

「もう、アレンさんったら」

シャーロットはくすりと笑う。

「私みたいな地味な子に声をかける人なんていませんよ。心配しすぎです」

「何を言うか！」

聞き捨てならないセリフだった。

アレンは目を吊り上げて吼える。

「おまえは俺が今まで出会ってきた中で一番可愛い！　他の男たちだってそう思うに違いない！　だから決して油断せず、俺のそばを離れるんじゃないぞ！」

「あ、アレンさんったら……はい……」

「あー、そこの大魔王さんたち？　仲がいいのはけっこうですが、まずはタマネギを切っていただけますかね」

教師がツッコミを入れて、その他の参加者がどっと笑った。

こうして講座がスタートした。教師とその助手たちが各テーブルを回って的確なアドバイスを行い、どこもかしこも賑やかだ。和気あいあいとした空気の中で、誰もが笑顔で料理を楽しんでいることが分かる。

シャーロットもずいぶんリラックスした様子だった。

慣れた手つきでタマネギをみじん切りにしていく。包丁がまな板を叩く音もリズミカルだ。

それを横目で見つつ、アレンは顎に手を当てて唸る。

「ほう、ずいぶん上達したな。最初のころとは大違いだ」

「えへへ……最初は包丁を握るのも怖かったですからね」

シャーロットは照れたようにはにかんでみせる。

アレンの屋敷に来た当初は完全に料理初心者で、包丁で指を切ったり、フライパンを焦げ付かせたりしていた。しかし今では手際よく調理を進めている。次の手順を見越して、調味料の準備も忘れない。

その成長ぶりに胸を熱くしていると、シャーロットは頬をかいて笑う。

「最初のころはすみませんでした……美味しいごはんが作れなくて、迷惑を掛けて」

「何を言う。そんなことを思ったことは一度もないぞ」

「で、でも、あのころは味付けもちゃんとできなかったし……」

申し訳なさそうに小さくなるシャーロット。

その肩にぽんっと手を置いてアレンは笑う。

「おまえが俺のために作ってくれた料理だ。今も昔も、とびきり美味(うま)かったとも」

「あ、アレンさん……」

「先生ー。大魔王さんたちがまたイチャイチャしていますー」

「えー、みなさん今日は味付けに注意しましょうね。空気が甘々すぎて、ちゃんと味が分かるか私も不安ですので」

また参加者にどっと笑いが起こった。

こうして料理教室はつつがなく進んだ。シャーロットはひとりで手際よく調理を進め、きれいなオムライスを作って教師に褒められていた。味も完璧で、あと片付けを終えて帰路につくころまでずっとニコニコしていた。

教室の外で、シャーロットは書き込んだメモを抱きしめる。

「ばっちり勉強できました。ありがとうございます、アレンさん」

「うむ、よかったな。どうする、本格的に通うつもりなのか？」

「えっと……アレンさんがいいのなら」

「もちろん大賛成だ。それなら俺も一緒に……おや？」

そんな話をしていた折、ふと視界の隅に気になるものが見えた。

アレンたちと同じ料理教室参加者だ。若い男が、女性に声を掛けていた。

「なあ、これから暇だろ。ふたりでどこか行かないか？」

「や、やめてください……」

女性は明らかに困っていて――アレンはずかずかとそちらに歩み寄る。

「おい」

「は？　なん……だ、大魔王……!?」

若い男は振り返るなりギョッとして凍り付く。

どうやらこれが迷惑なナンパ男らしい。アレンはぎろりと眼光を強めて睨む。

「その通り、俺だ。いったい何をやっているんだ？」

「あ、あんたに関係ないだろ」

「いいや、関係大ありだな」

アレンはふっと笑みを浮かべてから、男に顔を近付け凄む。

「貴様のようなゴミがいては、シャーロットが安心して教室に通えない。そういうわけで強制的に排除させてもらうが……かまわんな？」

「ひっ、いいいっ……!?」

たったそれだけで、男は一目散に逃げていった。

アレンは女性を振り返る。

「驚かせてすまなかった。これでもう大丈夫だろう」

「あ、ありがとうございます」

女性はぺこぺこと頭を下げてから、くすりと笑う。キラキラとした瞳で言うことには――。

「大魔王さんってお優しい方なんですね。びっくりしました」

「いや別に、当然のことを……おや?」

そこでアレンは袖を引かれた。

ゆっくりと振り返ってみれば、シャーロットがムスッとした顔で立っている。珍しいその表情に、アレンの心臓はわずかに跳ねた。

「な、なんだ、シャーロット?」

「だ……ダメ、ですからね……?」

「何がだ……?」

アレンは意図が読めずにおろおろするしかない。

そんな中、件(くだん)の女性はシャーロットににっこりと笑みを向けた。

「ああ、ご心配なく。私、恋人がいますから。大魔王さんを取ったりしませんよ」

「そ、そうですか……」

シャーロットは目に見えてほっとして、それからあたふたと慌てだす。

「って、す、すみません！　急に口を挟んでしまって……！」

「いえいえ、こんな素敵な方ですものね。心配になるのも分かります」

「そうなんです！　ほんとにアレンさんは……って、アレンさん？」

どうやら心配性なのはお互い様だったらしい。

シャーロットに向き直り、アレンはまっすぐに告げる。

「俺はおまえ以外の女性になびくつもりは毛頭ない！　だからその……安心してくれ！」

「ふぇっ!?　そ、それは……わ、私も同じです！」

シャーロットも顔を真っ赤にしてそう宣言してくれて。

教室の教師や生徒たちから、この上もなく微笑ましそうに見守られてしまった。

ふか田さめたろう

コミック④～⑥巻 こぼれ話

四巻から六巻に収録されているのはどれもお気に入りのエピソードばかりです。

四巻だとシャーロットの夢に入り込む回ですね。それまでシャーロットが実家でどんな扱いを受けていたのかは曖昧なままだったので、それとアレンとの生活の対比を書きたくて執筆しました。アレンが助けに来るところも含め、気に入っております。

そのためコミカライズになるのも楽しみで、いざ形になった原稿を拝見して「やりたかったことがそのまま絵になっている……!」と感動したのを覚えています。

夢の中のモブたちの顔が黒塗りなのは、シャーロットがまともに顔を見ることができなかった相手だからです。そのため、唯一の味方であったナタリアだけ顔が見えます。モブたちの不気味さ、シャーロットのいたたまれなさを丁寧に描いてくださいました!　うれしい!

ちなみに桂先生にお話を伺った際『ページが進むにつれてコマ外の塗りつぶしを濃くしていきました』と教えていただき、確認して「ほ、本当だ……!?」と打ち震えたりもしました。

みなさんもぜひ単行本でチェックしてみてください。すでに気付いていた方は相当なマニアです。

この作業にかなり時間がかかったともおっしゃっていたので、神は細部に宿るとはこういうことです。おそらくそんな細かい工夫が数多く施されているがゆえの読みやすさなのでしょう。ますますお住まいの方角に尾びれを向けて寝られません。

五巻だと誘拐事件からの告白成就で、決めシーンでまさかのカラーイラスト!

かなりビックリしましたし、単行本でもしっかり収録していただけたので、いつでもシャーロットの美しい一枚絵が堪能できます。ありがとうございます。

誘拐事件はずっとカピバラが出張っていましたが、異世界もののコミカライズでこんなにカピバラの作画を強いる作品は他にないと自負しています。ドラゴンとスライムもたいへん可愛くて、リカルドたち獣人軍団も愛嬌があってみんなお気に入りです。

ちなみに作中の亜人、獣人の定義は『人に姿形が近いのが亜人、完全に獣型なのが獣人』としております。

なのでミアハは亜人。サテュロス運送社の社員はほとんどが亜人ですが、獣人もいます。リカルドたちは賞金稼ぎを廃業したので、現在は冒険者家業と運送社のアルバイトで生計を立てています。閑話休題。

六巻からは魔法学院編に突入です。新たな舞台でキャラクターも多く、九月発売予定の七巻からはナタリアが本格的に登場します。どうぞお楽しみに。

叶うのであれば「四巻一五〇ページからずっとグローのヘビがかわいい……」とか「五巻一四三ページのストロー、それアレンどんな顔して買ったんだ!?」とか、ひたすらページ単位で細かい感想を羅列していきたいところですが、字数制限があるのでぐっと我慢します。

いやしかし、あのカップルストローは衝撃でした。こちらはコミカライズのみのオリジナルなので、桂先生には今後とも様子のおかしいアレンをお好きなように描いていただきたいです。一読者としてさめも楽しみにしております。あのストローをどこでどんな顔して買ったのか、それだけで短編が書けそうだ……。

大人気エピソードを特別コミカライズ！

イケナイ紳士対決

漫画◇桂イチホ

小説②巻
電子書籍版購入特典
ショートストーリーより

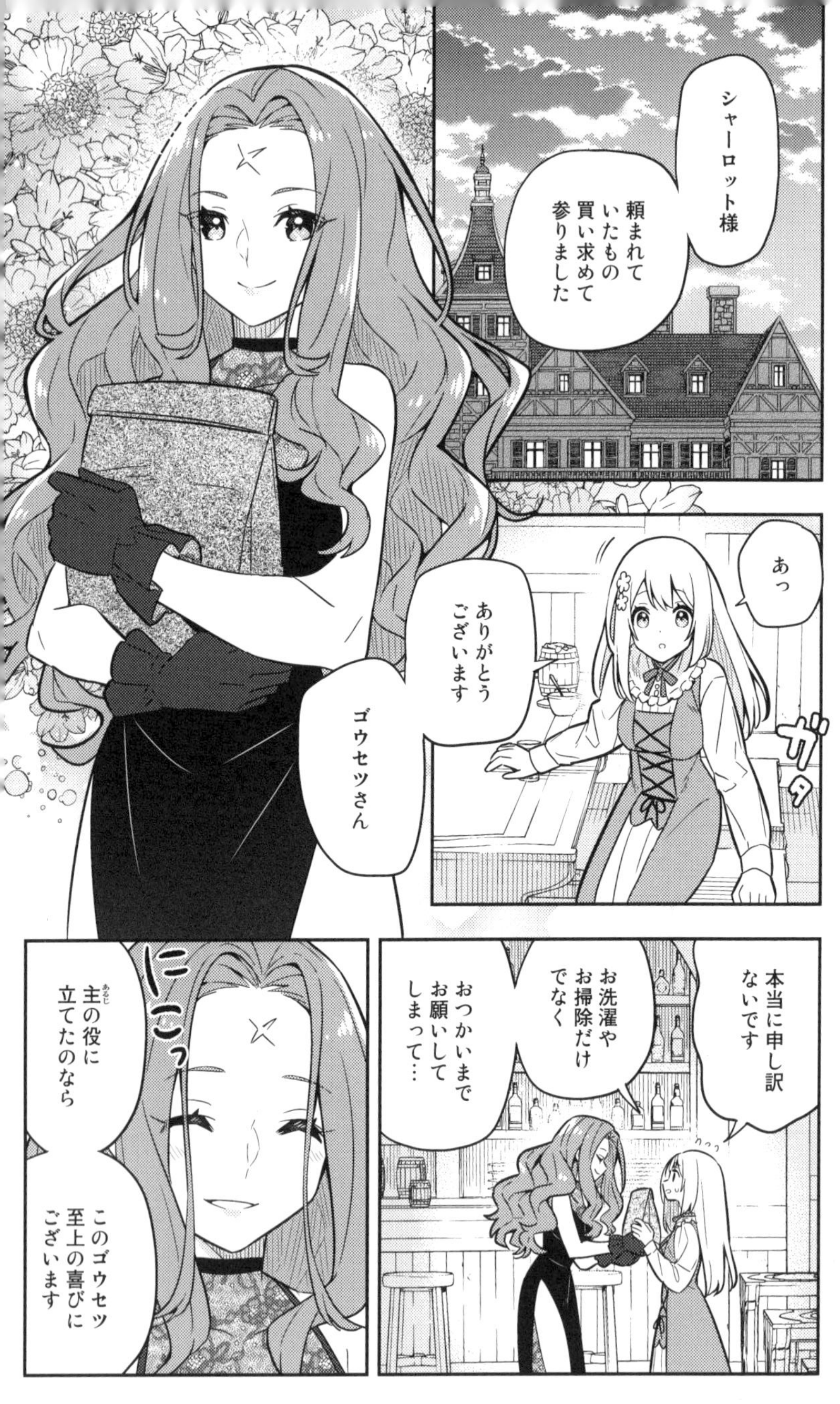
シャーロット様
頼まれていたもの買い求めて参りました
あっ
ガタ
ありがとうございます
ゴウセツさん
本当に申し訳ないです
お洗濯やお掃除だけでなく
おつかいまでお願いしてしまって…
にこっ
主の役に立てたのなら
このゴウセツ至上の喜びにございます

ですがもしも

褒美を賜るということでしたら…

キリッ

頭を撫でていただけますか

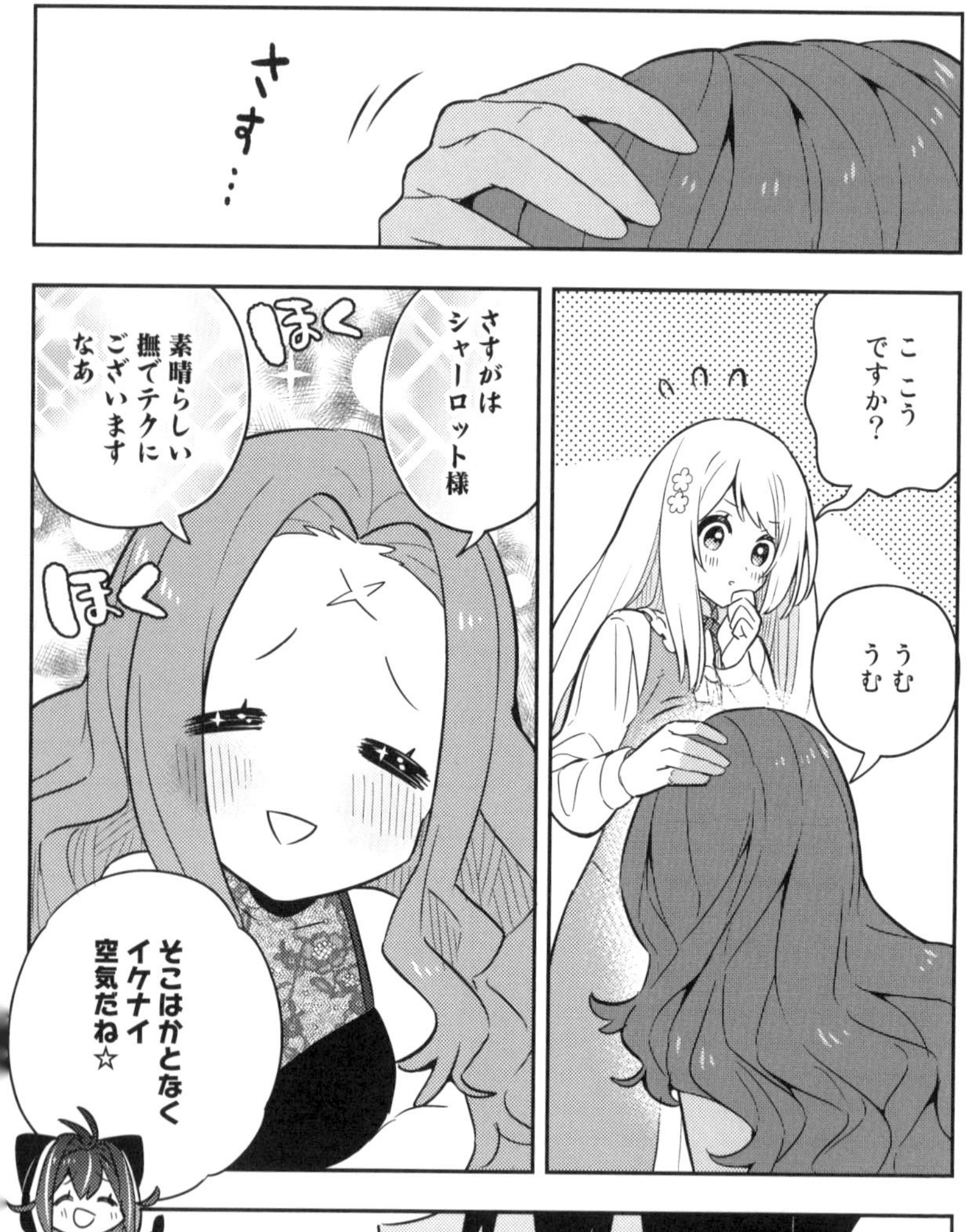

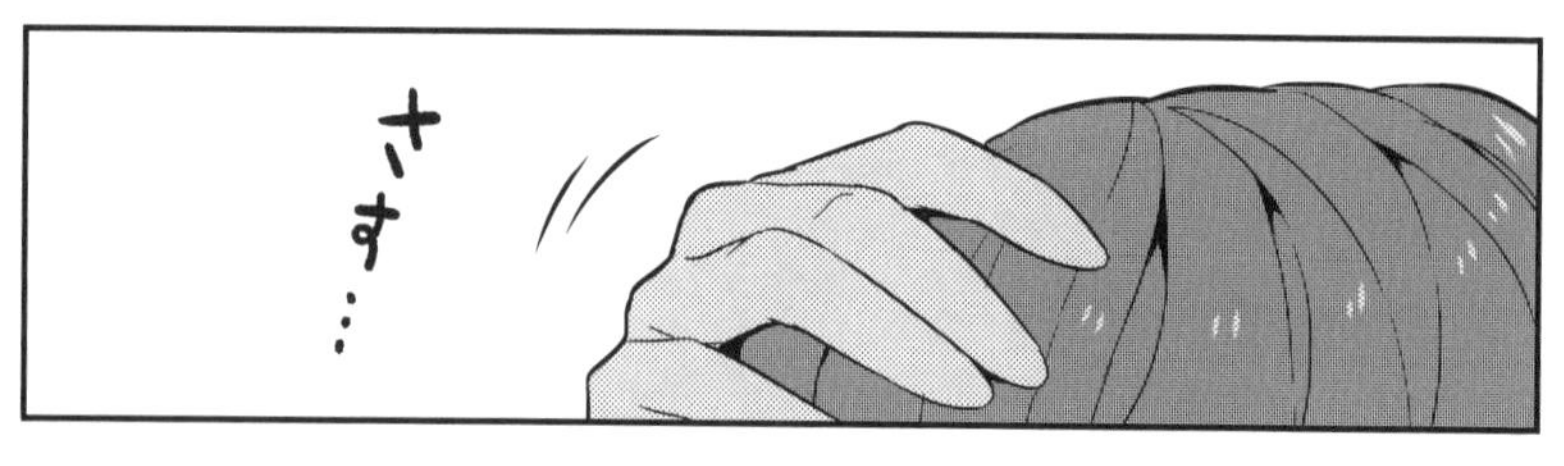

ここう
ですか?

うむ
うむ

さすがは
シャーロット様

ほく

素晴らしい
撫でテクに
ございます
なあ

ほく

そこはかとなく
イケナイ
空気だね☆

ふん

無駄飯食らいなんだから

それくらいやって当然だろう

むしろ足りないくらいだ

ドン

ははこれは手厳しいですな

では今後も従僕として誠心誠意お仕えすることといたしましょう

深は

そんな堅苦しくしなくていいんですよ?

お友達みたいに接していただければ…
っっ
何をおっしゃいますか
素晴らしい主人に仕えることこそ我が生きがい
すっ

どうか
この老いぼれに
忠義に生きる
喜びをお恵み
くださいませ
Chu
さすがに
そこまでは
許可して
いないぞ！
ばっ
あわわ

紳士的

散々迷惑をかけた末

ちゃっかり我が家に居座っている

タダ飯食らいが紳士的？

ムスッ

どう考えても釈然としない

かようにデリカシーの欠片もない御仁が
紳士となると
カッ
カッ
この世のあらゆる生物が
聖人君子に相応しくなってしまいますれば
くりっ
あっごめんねえゴウセツさん
ほんと今のは失言だったよ
どういう意味だ⁉

紳士的…
たむ
たしかに
ゴウセツさんは
スマートですよね
街でもよく
荷物を持って
いただいたり
しますし
俺だって
荷物くらい
持つが!?
ぎゅ
なあ
シャーロット
俺のほうが
紳士的だと
言ってくれる
よな…?
じっ
もはや人間の
尊厳というか
恋人の意地が
かかっていた

えっと…
おふたりとも良くしてくださいますし…
優劣を付けるわけには…
そこははっきり付けてもいいんだ！
恋人だろう!?
真面目（まじめ）
つまり何か…!?
シャーロットの中で俺とゴウセツの紳士度は
大差ないということか…!?
あたしはゴウセツさんのが紳士だと思うなー
ほほほ
はあ!?

細かいところによく気が付くし
喋り方も穏やかだし
さすが長く生きてるだけのことはあるよねえ

こいつは一度
シャーロットのことを攫った誘拐犯なんだぞ!?
どこが紳士だ!?

まあ地獄カピバラってそういう習性だし?
ぽり

おっと…
テキ パキ
エルーカどののグラスが空に…
それを差し引いても
おにいよりは気が利くと思うよ
もぐ もぐ
ぐっ…
はっきり言いおって……!

ではルゥ!
ルゥはどう思う!?
えっルゥ?
一緒に住んでいるおまえなら
このクソネズミの本性を知っているはずだよな!?
うーんそうだねえ
もぐもぐ
ルゥはしんし?とかそういうの
よくわかんないけどさ
ぐっ
にこ〜
アレンが違うことだけはなんとなくわかるよね!
ルウ!?
…ここで俺の味方をしてくれたら
今日の晩飯にでかいステーキを食わせてやる
ひそ…
ぴくっ

そうやって力ずくでなんとかしよーとするとこも
たぶんしんしじゃない
ぐううっ…!?

ずーん
子どもって時たま真理を突くよね
ぐうの音も出ないようですな
おろおろ

味方は
どこにもいない
らしい
フッ
いいだろう…
ならば

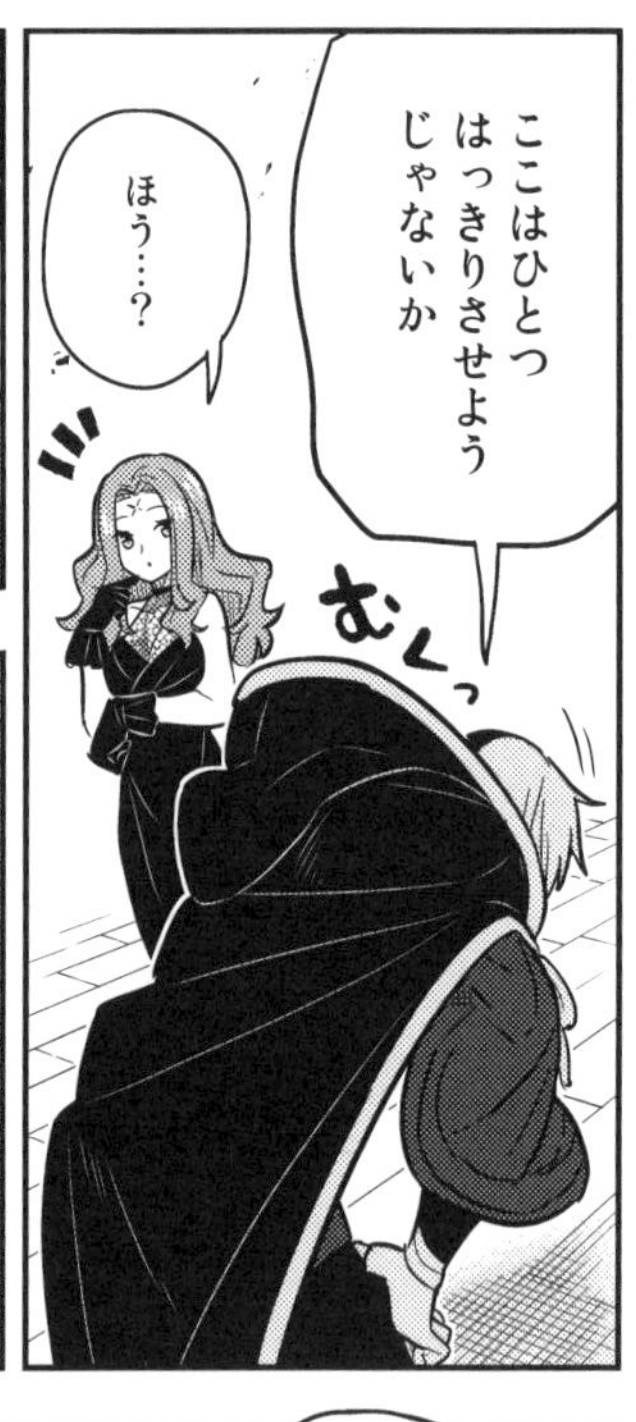
ここはひとつ
はっきりさせよう
じゃないか
ほう…？
むくっ

ふたりで
シャーロットを
紳士的に
エスコートする！
それで
最終的に
どちらが
紳士だったか
判定して
もらおう！

面白い！
望むところで
ございます！
えっ
私が判定
するんん
ですか!?

次の日
えへへ
一緒に
お出かけ
ですね

うぅむ
そうだな

対決と
銘打ってはいるものの
これは
デートの一種
ぼちん
浮かれるな
俺!

俺だって
やる時は
やるんだ!
気の利く
ところを
見せてやる…!

今日はやけに
気合いが入って
いるじゃないか
する
髪型が
いつもと
違うな
あっ
気付いて
くださったん
ですね
カッ
女性の些細な
変化に気付く
どう考えても
紳士度ポイントは
高いはず

これ
ゴウセツさんが
やってくださったんです

は？

お気に召していただけて
何よりでございます

ザッ

キラキラ

もはや
大国の王子!?

カッ
カッ

人の髪を結うなど久方ぶりでしたが

似合っておいでです

さすがは我が主

そ そんなことありませんよ

ゴウセツさんがお上手だからです

ゴウセツ！今日は俺も容赦せん
正々堂々貴様を倒してみせよう！
はっ
これはこれは異なことを申し上げますするな
貴殿など我が紳士力の前では赤子も同然

ほわ ほわ
おふたりと出かけられるなんて嬉しいです

まずは雑貨屋さんを覗きたいんですが…
ご一緒していただけますか？
ばっ
もちろん！地獄の先だろうが付き合おう！
儂も同じく！死出の旅路だろうと
どこまでも随行する心算にございます！
ふ 普通の雑貨屋さんですから…

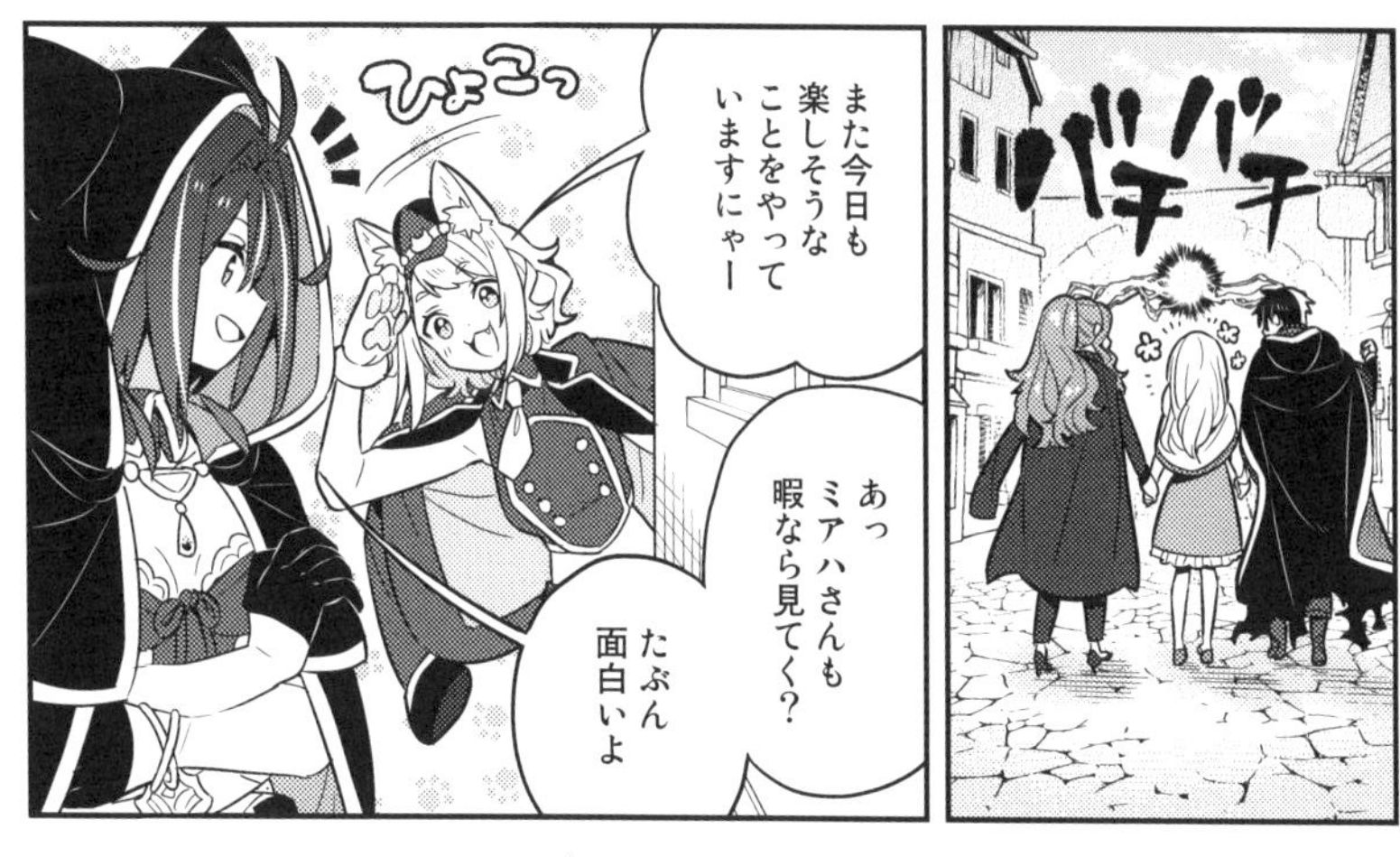
バチバチ
ひょこっ
また今日も楽しそうなことをやっていますにゃー
あっミアハさんも暇なら見てく？
たぶん面白いよ

賭けますかにゃ？
ねーねーエルーカ
この戦いって勝ったらなにかあるの？
うーん
スッキリするだけじゃない？
ふもうだなー

カラン
コロン
エルーカさんに教えていただいたお店なんです
見るだけでも楽しいっておっしゃっていましたけど…

はわわわわ
本当にどれもすっごくかわいいです！
そ そうか？
俺には珍妙な魔物にしか見えんが…

シャーロット様には
すっ
こちらなどお似合いではないですかな

ぱぁあああっ
わあ猫さんですねかわいいです！
ははは そうでしょう

よろしければこちら
本日の記念にプレゼントいたしましょうか？
えっ
で でも悪いですよ…

はははは
日頃のお礼でございますよ
カカ
カカ
カッ
紳士ポイントがみるみる貯まっていく

じゃり

この店を
買い上げ
たいの
ですが

いかほど
ご所望でござい
ますかな？

しれっと
店ごと買収
しようと
するな！

主の希望に
300%の力で
応えるのが
従者の役目!
店のひとつや
ふたつ
ぎゃあ
買い占め
られねば
名折れにございましょう!!
ぎぁあああ
そんな従僕が
いてたまるか!
あと その金は
いったいどこで
手に入れた…!?
クリーンな金ゆえ
ご安心くだされ
うぉ
ダンジョンに
潜って
魔物を倒し
ギルドで
換金しただけで
ございますよ
があぁ
最近たまに
家にいないと
思ったら
どぉぁ
出稼ぎに
行ってた
のか!?
ああ
魔物が
魔物退治で
身銭を稼ぐん
じゃない!
ギャ
グ
あの

おふたりに
プレゼントです
さっ
へっ？
元は
アレンさんから
いただいたお給料
ですけど…
いつも
お世話になって
いるので
お礼が
したくて…
受け取って
いただけ
ますか？
っ…！
もちろんだ！
かたじけのう
ございます！
ふああああ
思わぬ幸福

いや待て…
こっそり会計してサプライズのプレゼント…
はッ!
店内で喧嘩を繰り広げるバカどもとは
比べものにならないくらいの紳士では…?

シャーロット様

本当に紅茶だけでよろしいので?

はい

せっかくの機会なのでゆっくりと

ゴウセツさんのいろんなお話聞いてみたいです

うぐっ…!我が主が尊い…!

どうだ
シャーロット
綺麗だな
はい！
とっても
綺麗です！
だがしかし
やはりおまえの
ほうが――
これから
何年先も
ずっと一緒に
見ていたい
ですね
ぐううう…っ！
俺の恋人が
かわいい…！
…こうして
3人揃っての
謎のデートが
終了した

ただいま
戻りました
ルゥちゃんにも
お土産が
ありますよ
わあい！
おいしそう！
あーん
おかえりー
途中までしか
見てないけどさ
結局どっちが
紳士だった？
ミアハたちは
ゴウセツさんに
賭けており
ますにゃ
あっ
そうでした
判定を
任されて
いるんです
よね…
干し肉
もぐもぐ
楽しくって
すっかり忘れて
いました…
今日は
おふたりとも
良くしてくだ
さいましたし
…やっぱり
優劣を付ける
なんて——
いや
その必要は
ない
ぽん

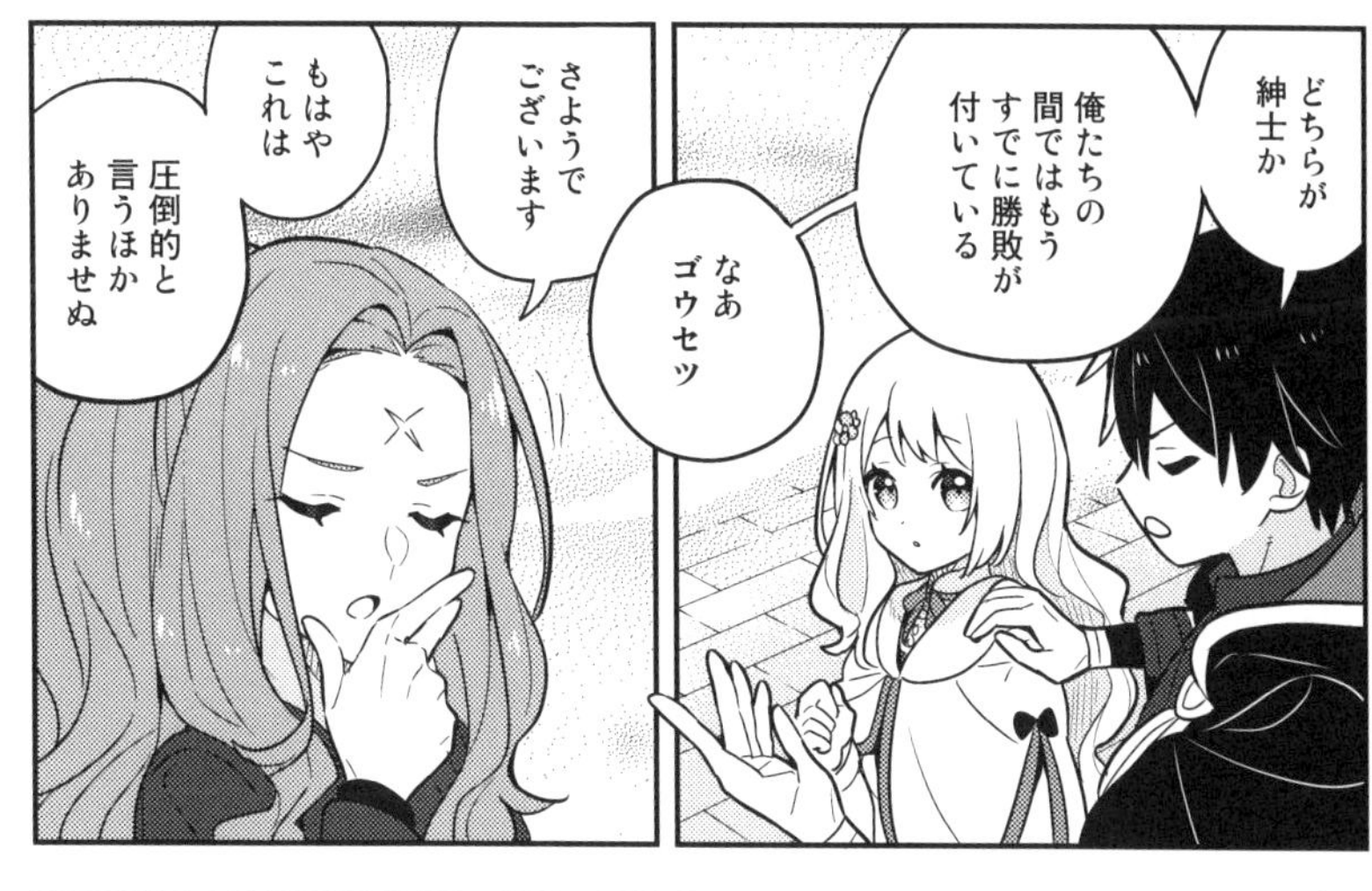
どちらが紳士か
俺たちの間ではもうすでに勝敗が付いている
なぁゴウセツ
さようでございます
もはやこれは圧倒的と言うほかありませぬ

えっ そうだったんですか?
ではどちらが…

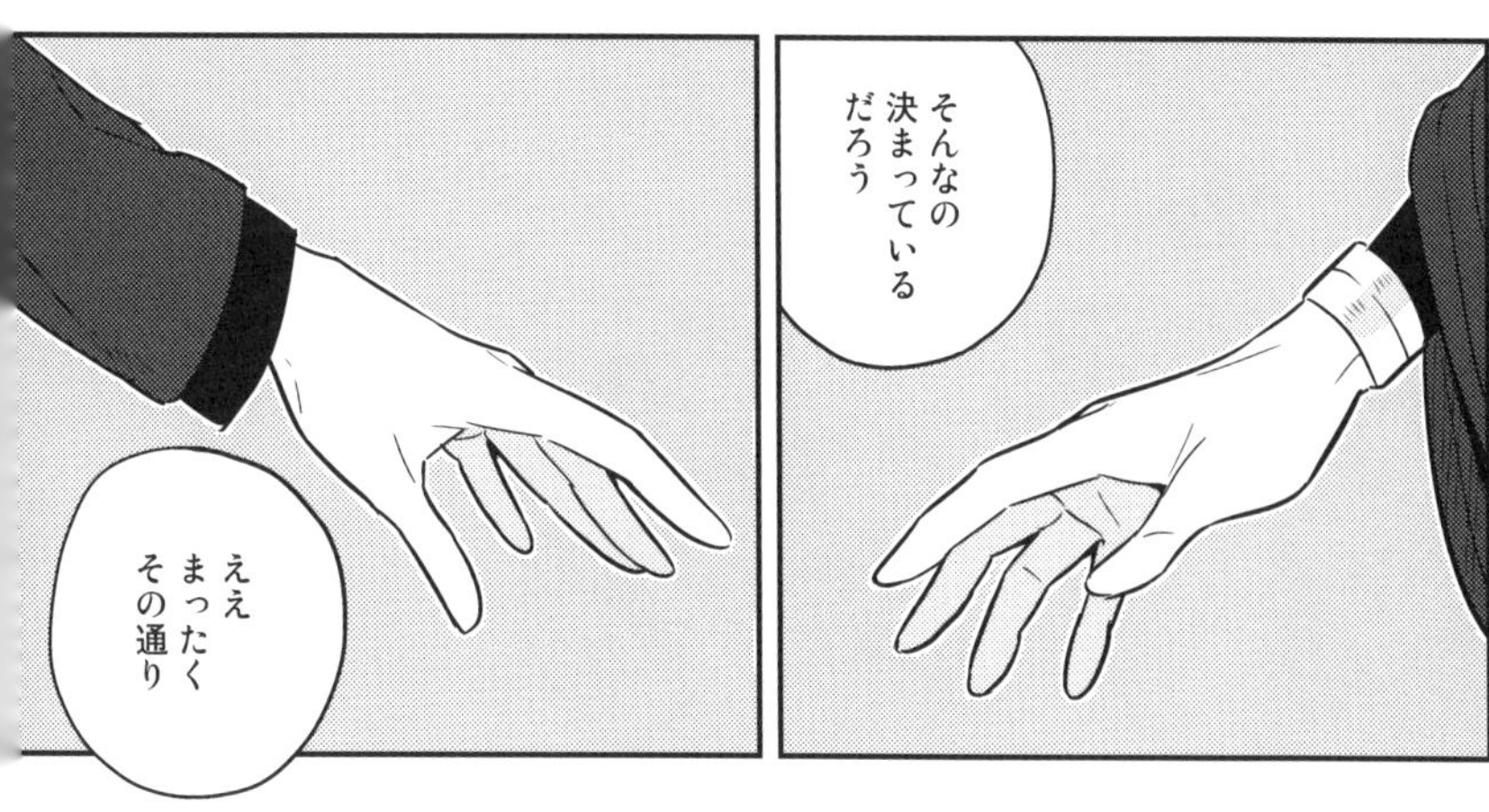
そんなの決まっているだろう
ええまったくその通り

すっ

すっ

勝者は文句なしでシャーロットだ

ほほほ

シャーロット様の前では

我らなどゴミ虫同然ゆえ

えええええっ!? どどうしてですか!?

おっと

これは予想外のオチだった

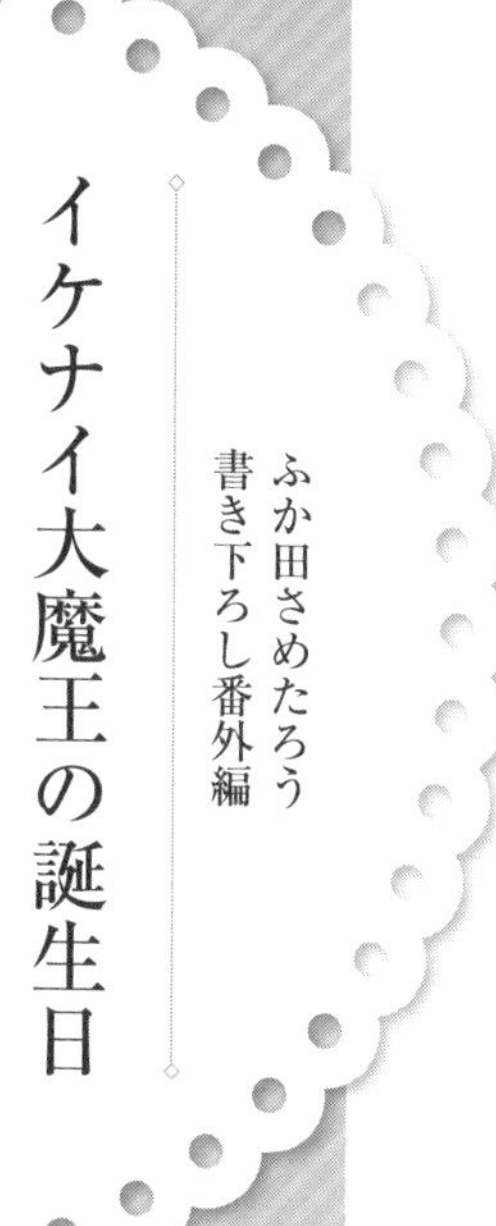

イケナイ大魔王の誕生日

ふか田さめたろう
書き下ろし番外編

シャーロットの抱える問題が軒並み解決して、少し経ったある朝のこと。

「もうじき春ですねえ」

みなで朝食を囲んでいると、シャーロットが窓の外を眺めてぽつりとつぶやいた。

たしかに冬も終わりに差し掛かり、近頃は朝の肌寒さがぐっと軽減されて、ずいぶんと過ごしやすい。差し込む光も柔らかく、小鳥たちのさえずりもどこか伸びやかだ。

微笑むシャーロットの隣で、リディが口周りをジャムまみれにしながら首をかしげる。

「ママ上は春がくると嬉しいのか？」

「そうですね。冬もいいですけど、やっぱり春のほうが好きですよ」

「むう……たしかに暖かくなると過ごしやすくなるじゃろうが」

シャーロットに口を拭われながら、リディはますます眉を寄せる。

「気候の変化など、衣服で調整するだけではないか。ほかにも嬉しいことが何かあるのか？」

「もちろん大ありだぞ」

それにアレンはニヤリと答える。

「たとえば、おまえはいちごが好きだよな」

「う、うむ。このいちごジャムなどたいへん美味でお気に入りじゃ」

「春になればそのいちごが旬を迎える。野山に行って、野いちご狩りと洒落込んでもいいだろうな」

「いちごがり……？　いちごが逃げたりするのか？」

「違う違う。弁当を持ってピクニックがてら、野いちごを摘むんだ。他にも果物が取り放題、食い放題だぞ」

「なんと！　そんなイベントがあるとは知らなんだぞ……！」

じとーっとしていたリディの目が一瞬でキラキラに早変わりした。

今もたまに厭世的な面を覗かせるものの、それは世の中をほとんど知らないからだ。世界には楽しいことがたくさんあると示してやれば、年相応にすぐに食いついてくる。

リディは元気よく挙手して言う。

「パパ上！　リディ、いちごがりに行ってみたいのじゃ！」

「お安いご用だ。春までにいいスポットを見繕っておこう」

「わあい、なのじゃ！　えへへ、早く春にならぬかのう」

『儂も春が待ち遠しいですな。春の昼寝は格別ですゆえ』

『ルゥも好きだよ！　春は山の動物がいっぱい増えて、おいしいの！』

ゴウセツとルゥもきゃっきゃとはしゃぐ。

なんだか今日は家族全員が浮ついている。春の気配にはどんな生き物もウキウキするものらしい。

（ふっ。こんな賑やかな朝がくるなんて、以前は考えもしなかったな）

ひとりで暮らしていたころの朝といえば、昼夜逆転で寝潰したり、コーヒーだけ飲んで終わらせたりと雑に過ごしていたものだ。それを思えば、ずいぶんと健康的な生活を送るようになった。

シャーロットもくすりと笑ってアレンの顔を覗き込む。

「もうすぐ春ということは、アレンさんと出会ってからそろそろ一年が経つんですね」

「それもそうだな」

そういえば、あれも春先のことだった。

たった一年前ではあるが、ずいぶん昔のように感じられる。

「なんだかあっという間だったなあ。いろいろと慌ただしかったし」

「そうですね。アレンさんに出会えたのが一番大きい出来事ですけど……ナタリアと再会できたり、誕生日を祝っていただいたり、たくさんありました」

「あと旅行にも行ったし、誘拐騒ぎもあったしなあ」

ふたりは一年間の思い出を指折り数えていく。

印象深い出来事だけでも、挙げていけばキリがない。それだけ濃厚な一年を過ごすことができたというわけだ。

「ふふ。人生で一番賑やかな一年でした。本当にいろんなこと、が……」

「む、どうしたシャーロット」

一緒にしみじみしていたはずのシャーロットが、不意にハッとして口をつぐんだ。

首をかしげて見守っていると、その表情がどんどん暗く険しいものになっていく。

やがてシャーロットはごくりと喉を鳴らしてから、恐る恐る尋ねてくる。

「あ、あの、アレンさん。私とアレンさんが出会って一年ですよね」

「そうだが、改めてどうした」

「つまり……」

「つまり？」

「アレンさんのお誕生日は……もう過ぎてしまったのでは⁉」

「俺の誕生日だと……？」

ぽかんとするアレンをよそに、シャーロットはこの世の終わりのような真っ青な顔でぺこぺこと頭を下げる。

「す、すみません気が利かなくて！　きちんとお祝いするべきだったのに私ときたら……！」

「いやいや、気にするな。誕生日を祝うものだという認識がなかったのだから仕方ないだろう」

公爵家でないがしろにされていたせいで、シャーロットはそういう世俗の文化に非常に疎かった。自分の誕生日も前日になってぽろっと明かしたくらいだ。

アレンの誕生日を祝おうなんて、以前までなら思い付きもしなかったはずだ。

「あうう……そ、それでも申し訳ないです」

しゅんっと小さくなったシャーロットだが、ぐっと気力を振り絞るようにして拳を握る。

「次はちゃんとお祝いします。アレンさんのお誕生日、いつなんですか？　カレンダーにしっかり丸をつけておきますから」

「別にかまわないんだがな……しかし俺の誕生日か」

ふむ、とアレンは壁にかかったカレンダーを見やる。

そういえば、最近はバタバタと忙しく暦を意識していなかった。今日は何日だったか……と確認して。

（あっ）

アレンはとんでもないことに気付いてしまった。

「……だ」

「はい？」

「明日だ。俺の誕生日」

「そうですか、明日……明日あああ⁉」

シャーロットはガタッと席を立ち、のけぞらん勢いで驚いた。

実にいいリアクションだった。

ゴウセツも目を丸くして言う。

『ほう、ギリギリセーフもいいところですな』

『アレンあした誕生日なの？　おめでとうなの？』

「なーんでこんな土壇場に言うのじゃ、パパ上よ」

「今の今まで失念していたからだ」

呆れたようなリディにアレンは肩をすくめる。

「実家だと叔父上たちが騒がしく祝ってくれたものだが……ひとり暮らしだと、そういうものを意識する機会がないからなあ」

気付いたときには過ぎてしまっているか、当日思い出したところでどうもしない。ちょっといい酒でも開けてみるかと思い立つくらいだ。

「ま、急に言われても困るだろ。とりたてて祝ってくれなくても——」

「そういうわけにはいきません！」

シャーロットは勢いよく言い放つ。

先ほどまで自責の念に溢れていたはずの瞳には、使命感という炎がメラメラと燃え盛っていた。いつも控えめなシャーロットだが、このときばかりは有無を言わさぬプレッシャーをまとっている。

「私の誕生日だって一日でしっかり準備してお祝いしてくださったじゃないですか。だから今回は……私がアレンさんのお誕生日をお祝いし返します！　全身全霊をかけて！」

「お、おう。ありがとう……？」

そんなふうに力いっぱい言い切られてしまえば、アレンもうなずく他なくて。

かくして二十二歳の誕生日を祝ってもらうこととなった。


好天に恵まれた、次の日の早朝。

「は、早いな」

「ええ、準備もばっちりです」

起き抜けすぐ身支度を整えて玄関に向かうと、すでにそこにはシャーロットが待っていた。

よそ行きの少し上等なワンピース姿で、大きなバスケットを抱えている。

そして、その表情は真剣そのものだ。

まるで死地に向かう戦乙女（いくさおとめ）であり、アレンに凛（りん）とした声で淡々（たんたん）と切り出す。

「昨日はずっと考えていたんです。どうやってアレンさんのお誕生日をお祝いするか」

「ああうん……知ってる」

アレンはおずおずと首肯する。

誕生日を祝うと宣言したあと、シャーロットはゴウセツらを集めて作戦会議をしたり、街に出かけたりと、なにかと忙しくしていた。激しく気にはなったものの、あまり詮索（せんさく）するのも無粋かと思い今朝まで触れずにいたのだ。

（い、いったいどう祝ってくれるのだろうか……）

シャーロットの気迫に圧されて、アレンはごくりと生唾を飲み込む。

握った拳にはじわりと汗が滲み、喉がカラカラに渇いた。

そんな緊迫感のなか、シャーロットは胸に手を当て、思いっきり息を吸い込んでから言い放つ。

「今日は私が立てたプランで……で、デートしていただきます！」

「なっ……！」

アレンは雷に打たれたような衝撃に震えた。

シャーロットの立てたプランでデート？

しばし茫然としたあと、アレンの胸に湧き上がってきたのは熱い感動だった。鼻の奥がつんとしてぼろぼろと涙が溢れてしまう。

「あのシャーロットが、俺をリードしようとするなんて……！　ううう、本当に成長したなあ……もう胸がいっぱいだ！　ありがとう！　最高の誕生日だ！」

「ま、まだ始まってもいませんよ……？」

シャーロットはおろおろとアレンの背中をさすってくれた。

開始前から飛ばし過ぎだと言うなかれ。自分の意思を出すのが苦手だったシャーロットが自分からデートしようと申し出てくれたのだ。初孫が初めて立ったような衝撃を受けても当然である。

アレンの場合はシャーロットの誕生日を祝うべく、あれこれ迷走した末に財産分与を企んだ。

最終的になんとか丸く収まったものの、あれは自分でもどうかと思う。

それに比べればシャーロットの純粋一直線なプレゼントが心に沁みた。

感極まるアレンをなだめながら、シャーロットは苦笑する。

「アレンさんにとびきり素敵なプレゼントをしようと思って、あれこれ考えたんです。そうしたら候補が多くてひとつに絞りきれなくなって……だから、できる限り全部盛り込んだデートプランを立ててみました！」

「なるほど、欲張ったなあ」

「ふふ、アレンさんのせいですよ。イケナイことばかり教えていただいたから、欲張りなイケナイ子になっちゃいました」

「うんうん、それは何よりだが……そういうことはあまり他所では言わないようにな」

「？」

真顔で諭すアレンに、シャーロットはきょとんとする。

無邪気な笑顔でそんなことを言われたものだから、心肺が余裕で活動停止した。

自分が蒔いた種は、刈り取りきれないほどの速度で成長している模様。

「ふふふ、シャーロット様が楽しそうで何よりでございます。ちなみに儂の誕生日は初夏なので、お心に留めておいていただけると光栄です」

「そうなんですか？　それじゃ、今度ちゃんとお祝いしなきゃですね！」

「齧歯類の誕生日などどうでもいい……というか、なんだその格好は」

アピールに余念がないゴウセツ（美女バージョン）にアレンはジト目を向ける。

今日も今日とてまばゆいばかりの美貌を惜しげもなく晒しているが、いつものドレス姿ではなく、しみひとつないコック服を身にまとっていた。長い髪もアップにまとめて気合い十分だ。

ゴウセツは胸を張って答える。

「日中はシャーロット様が。夜は夜で儂らが腕によりをかけた料理でおもてなしいたしましょう。ねえ、リディ殿とルゥ殿」

「うむ！　わらわとルゥは食材の調達をするのじゃ！」

『わーいわーい、魔物狩りだー！』

リディを背中に乗せて、ルゥはきゃっきゃと跳ね回る。

微笑ましいコンビであるが、ほんのりと近辺生態系の危機だった。

そんなふたりに和みつつも、アレンはゴウセツを見やる。

「リディたちが食材調達係なら、調理はまさか……」

「この格好を見て分かりませぬか？　もちろん儂です。食にはうるさいほうですので、古今東西ありとあらゆる美食に通じております。どうぞご期待くださいませ」

「万にひとつも美味かったら、無性に腹が立つんだろうな……」

ゴウセツが堂々と言ってのけたものだから、アレンは渋い顔をするしかない。

美味い飯が出てきたら癪だが、かと言ってまずい飯を食いたいかと聞かれればノーなので、どちらに転んでももやもやすることは間違いなかった。

悩むアレンに、シャーロットは改めて意気込んでみせる。

「さあ、アレンさん付いてきてください。今日は予定が盛りだくさんですからね！」

「分かった分かった。それじゃあ行くが……」

アレンはシャーロットに手を差し伸べる。

「ひとまずそのカゴを貸してくれ。俺が持とう」

「だ、ダメですよ。今日はアレンさんのお誕生日なんですから」

「誕生日以前に、俺はおまえの恋人だ。荷物くらい持たずして何が恋人か。違うか？」

「それじゃあ……お願いします」

シャーロットは少しはにかんで、おずおずとバスケットを差し出してくれた。

それを受け取って、空いた手をまた差し出せば当然のように握ってくれる。たったそれだけのさりげないやり取りに胸がほんのりと温かくなった。

（シャーロットが考えたデートプランか……いったいどんなものだろうな）

いつものお出かけは基本的にアレンが企画立案していた。

たまにシャーロットの買い物に付き合うこともあったが、シャーロット主導のデートはこれが初めてだ。

（今日は人生最高の誕生日になりそうだな……）

そんな予感を噛みしめて、アレンはすでにお腹いっぱいになりかけていた。

「それじゃあ行ってくる。あとは任せたぞ」

「うむ。こころゆくまで楽しんでくるがよいぞ、パパ上よ」

家族らがにこやかに見送ってくれて、長い誕生日が幕を開けたのだった。


街の方角を目指して歩き出したものの、到着したのはまた別の場所だった。

「着きました！　まずはここです」

「ほう」

街の手前に広がる草原だ。

景色が特別優れているわけでも、珍しい薬草が生えているわけでもない。

一面に生い茂る緑の中に、春の気配を先取りして小さな花がぽつぽつ咲いているだけの、取り立てて特徴のない場所である。魔物も滅多に現れず、子供たちが遊んでいるのをよく見かける。

今は早朝だからか、アレンたち以外に人影は見当たらなかった。

シャーロットは平坦（へいたん）な草地を探してアレンを手招きする。

「ここで朝ごはんにしましょう」

「なるほどな、そのためのバスケットか」

とはいえ、かぐわしい匂いでだいたいの予想は付いていた。

敷布（しきふ）を広げればピクニックの始まりだ。シャーロットはバスケットの中から手際よく品物を取り出していく。温かな紅茶が入ったポットに、ふたり分のコップ。それと大きなランチボックス。

シャーロットの隣に腰掛けて、アレンは頬をかく。

「すまない。朝から手間を掛けたようだな」

「とんでもないです。それに、夜のうちから準備していたので朝の支度自体はすぐ終わったんですよ」

シャーロットはこともなげに言うが、昨夜は遅くまで何か作業していた。

それだけこの朝食に手間を掛けてくれたのだろう。ほんのひと匙（さじ）の申し訳なさが胸にさざ波を立てるものの、それ以上に期待が大きく膨らんだ。

柄にもなくそわそわしていると、満を持して蓋（ふた）が開かれる。

「サンドイッチです。お好きなだけ召し上がってくださいね」

「おお、美味そ……む？」

感嘆の声を漏らしてすぐ、アレンは首をひねることとなる。

シャーロットの言葉通り、ランチボックスの中にはサンドイッチが隙間なく詰め込まれていた。しかも、どの具も手が込んでいて美味そうだ。

緑鮮やかなレタスに包まれた、艶（つや）のあるローストビーフ。

香ばしい香りとマヨネーズソースをまとった照り焼きチキン。

シンプルながらに存在感を放つ、黄金色（こがねいろ）に輝く厚焼き卵。

どれもこれも食欲をそそる見た目だが……なぜか、すべてそうした腹に溜まりそうなメニューばかりだった。それゆえボックスの中はほとんどが茶色である。育ち盛りの飯という様相だ。

「なんというか、ずいぶんと動物性タンパク質に偏ったメニューだな。いつものおまえなら、もっと野菜を入れるはずだろう」

「ふふ、アレンさんのお好きなものばっかり詰めたらそうなったんです」

「俺の好物だと？」

アレンは首をかしげてしまう。

美食を味わう舌はあれど、食にはこだわりがないほうだ。腹が満たせればなんでもいい。

そのため、好きな食べ物などない……と自分では思っている。

「そんなことを言った覚えはないんだが……？」

「見ていれば分かりますよ。アレンさん、お好きなメニューのときは嬉しそうなお顔でゆっくり味わって召し上がりますから」

シャーロットはくすりと笑ってサンドイッチを差し出してくる。

「特にこちらの卵サンドがお好きですよね。どうぞ」

「あ、ありがとう」

アレンはサンドイッチを受け取って、思わずまじまじと見つめてしまう。

卵サンドといえばゆで卵を刻んだペーストだと思っていたが、シャーロットが来てから厚焼き卵を挟むサンドイッチに出会った。彼女の故郷ではこれが一般的らしい。一緒に暮らしだしてから、数え切れないほど作ってもらっている。

意を決してかじってみれば、パンの香ばしさと卵焼きの優しい甘さが口いっぱいに広がる。ほんのわずかに塗られたカラシがピリッとしたアクセントを与え、シンプルながらに奥深い味わいを演出している。

いつもの、ほっとする味わいだ。

そのひと口をじっくりと堪能して、アレンはしみじみと言う。

「うん、たしかに俺はこれが好きらしい」

「『好きらしい』って。アレンさんってば、ご自分のことなのに」

シャーロットはころころと笑う。

それから他のサンドイッチもひと通りもらったが、どれもアレンの心を摑んで離さなかった。

自分では気付いていなかったが……シャーロットはお見通しだったらしい。

素直にそう言うと、シャーロットは目を丸くした。

「無自覚だったんですか？　もう。私には好きなものを見つけろっておっしゃったのに、アレンさんがご自分に無頓着でどうするんですか」

「耳が痛いな……これからはもっと己に目を向けるとするか」

「そうですよ。ちなみにアレンさん、トマトが苦手ですよね」

「本当か!?　いやしかし、これまで普通に食ってきたが……」

「サンドイッチやサラダにトマトが入っていると、眉をちょっとだけひそめて食べるんですよ」

「知らなかった……」

アレンはふたつ目の卵サンドをかじりつつ嘆息する。

「よく見ているものだなあ。やっぱり作った料理は反応が気になるのか？」

「それもありますけど……」

「けど？」

シャーロットは少しだけ言いよどんでから、はにかみながら口を開く。

「好きな人のことは、どんな小さなことでも知りたいじゃないですか」

「……そうだな」

アレンは静かに、強めに首肯した。

ふたり同時にぷっと噴き出して、そこからは穏やかな時間が流れた。

心地よい風が平原の草花を揺らし、少し先に続く街道を一台の馬車がゆっくりと進む。それをシャーロットと隣り合ってぼんやり眺める。あくびが出るほど平和なひとときだ。

（俺は世界一の幸せ者だな……）

特別な日だからこそ、そんな平凡なひとときが胸を打つ。

あっという間にランチボックスの中は空になった。最後のサンドイッチをひと欠片も残さず平らげて、アレンは改めて言う。

「美味かった、ありがとう。自分の好みも知れたし、貴重な時間だった」

「そんな大袈裟な……でも、喜んでいただけたのなら嬉しいです」

「それじゃ次はどうするんだ？　街に行くのか？」

「はい。でもその前に……」

「なに……っ!?」

いたずらっぽく笑ったシャーロットが、そっとアレンの体を引き寄せた。完全に油断していたため、空を仰いで転がることになる。……頭をシャーロットの膝にのせた状態で。

ぽかんと目を丸くするアレンの髪をそっと撫で、シャーロットはにこやかに言う。

「せっかく天気もいいですし、どうぞお昼寝してください」

「膝枕でか!?」

アレンは裏返った声で叫ぶ。

恋人になってからそれなりに時間も経っているので、膝枕の一度や二度は経験済みだ。

だがしかし、慣れるほどの経験値はまだ積んでおらず……ほっそりしているように見えて意外と弾力があるんだなとか、同じ洗剤や石けんを使っているはずなのに何故こうもいい匂いが……とか、多種多様な煩悩が脳内を駆け巡る。

赤らんだ顔を隠そうともがくが、こんなに近いと無駄なあがきだった。

まんじりともせず視線を泳がせるアレンを見下ろし、シャーロットは声を弾ませる。

「いつも甘やかされている分、今日は私がアレンさんを甘やかすんです。子守歌だって歌っちゃいますよ。どうぞリクエストしてくださいね」

「楽しんでるだろ、おまえ……」

「お嫌ですか？」

「嫌ではない、が……」

昼寝すればさぞかしいい夢が見られるだろう。

ただ、あまりに居心地がよすぎて落ち着かないだけだ。

もしもドロテアがこの場面を見たら――。

『ちょちょちょちょ、アレン氏ってば何をベタなことやっちゃってるんすか～！　ラブコメするときはちゃーんとボクに一報入れないとダメっすよ！　ひとまず今のお気持ちを原稿用紙五枚分くらいで詳細にひとつ！　どうぞ～！』

そんなふうに大興奮してウザ絡みしてきそうだ。幸い、締め切り破りでつい先日拉致されていったばかりなので、しばらく帰ってこないだろう。

少しだけホッとするが、窮地なのには変わりがない。

もぞもぞするアレンに、シャーロットはくすりと笑う。

「ふふ、みなさんの言っていたとおりですね。アレンさんは甘やかされるのに慣れてないから、こういうのは喜びつつも恥ずかしがるだろうって」

「待て。ひょっとしてこれは誰かの入れ知恵なのか」

「はい。いろいろな方にアドバイスをいただいたんです」

アレンの誕生日を祝うため、知り合い連中にあれこれ聞いて回ったらしい。

その意見を集約した結果、今日のプランができたらしく……アレンはすっと目を細めて低い声で問う。

「では……この膝枕は誰の発案なんだ?」

「えっと、ゴウセツさんと、エルーカさんとミアハさん、ハーヴェイお父様にリーゼロッテお母様、あとは……」

「切りがなさそうだからもういい」

指折り数えるシャーロットを、ため息交じりに制止する。

あとで立案者に制裁を加えようかと思ったが、思ったより人数が多くて諦めた。

アレンはぼんやりと、空を流れる雲を眺めて尋ねてみる。

「ひょっとして、今日はこういうイベントがずっと続くのか……？」

「もちろんです！　いっぱい考えてきましたから、楽しみにしていてくださいね」

シャーロットはふんすと意気込んでみせる。可愛い。

恋人が楽しそうで何よりだったが、アレンは遠い目をするしかない。

（ひょっとすると、今日が俺の命日になるかもしれないな……）

それはそれで幸せな最期だと確信した。

しばらく膝枕でとりとめのない話をして――もちろんドキドキしっぱなしで昼寝どころではなかった――街に移動した。まずシャーロットに連れられたのは、なんと男性向けの服屋だった。

女性向けの店はシャーロットの付き合いで何度か入ったことがあるが、自分の服など日用品店で適当に見繕うだけだ。こんな店に改まって立ち入るのは初めてのことだった。

「今日は私がアレンさんの服を選んで、プレゼントしますね。まずはこのあたりなんてどうですか!?」

シャーロットは興奮気味に何着もの服を持ってきた。

王侯貴族が典礼で着用しそうなゴテゴテした礼服だったり、執事めいた燕尾服だったり、そうかと思えばスポーツ用のユニフォームなども混じっていて、実に多種多様だ。

大量の衣装を前にして、最初アレンは難色を示した。

「いやあの、俺は服に無頓着だから絶対に持て余すぞ」

「たまにはいいじゃないですか。いつものアレンさんも素敵ですけど、いろんな格好を見てみたいんです。一緒に出かけるときだけでもどうですか？」

「そうか……？　おまえがそこまで言うなら試してみるが……どうだ？」

「お、お似合いです！　カッコいいです！　素敵です！　王子様より王子様みたいです……！」

「いや、褒めすぎだろう……」

何を着てもべた褒めのファッションショーを終えたあとは、おしゃれなカフェに連れてこられた。

「ここはカップルにおすすめだって、ミアハさんから伺ったんです。けど……」

「飲み物がすべて、ふたりで飲むタイプのストロー付きだと……!?」

「すみません、下調べが不十分でした……！　そ、その、アレンさんはこういうのお嫌です、よね……？」

「い、いや、嫌じゃないというか、実はこういうベタなものには少し興味があって……うん」

「そ、そうですか？　私も実を言うとちょっと憧れておりまして……それじゃ、ふつつか者ですがよろしくお願いします！」

「こちらこそ……うん」

ふたりでひとつのジュースを飲んで、パンケーキを半分こした。そんなふうにあちこちハシゴをするうちに、あっという間に日が暮れてしまった。

深い藍色に染まりはじめた空のもと。

「今日はいかがでしたか、アレンさん」

「うむ、実に有意義な一日だった」

並んで帰路につきながら、アレンは力強くうなずいた。

街から離れるにつれて人気も明かりも失せていき、道は暗くわびしいものになっていく。

しかしアレンが手にしたランタンの明かりがふたりを夜の闇から切り離し、そこだけ温かなデートの余韻が続いていた。

アレンは顎に手を当ててしみじみ言う。

「シャーロットが可愛すぎて何度も心臓が止まったが……すぐに次の可愛さが襲いかかってくることで無事に蘇生できたんだ。論文としてまとめれば、新たな心肺蘇生方法として医学界に新風を巻き起こせるかもしれないぞ」

「や、やめてください。たぶんそれ、アレンさんにしか通じませんから」

「むう、たしかにシャーロットの魅力を世に知らしめるのは危険すぎるか。最悪、世の中の大多数が信者と化してしまうだろうしな」

「アレンさんの中で、私はいったいどんな存在なんですか……」

シャーロットは小首をかしげて苦笑する。

とはいえ街のゴロツキやゴウセツらの狂信者具合をみるに、あながち杞憂とも言えないのが怖いところだった。

（当人が無自覚な分、俺がしっかり守らねば……）

アレンが妙な決意を固める横で、シャーロットはくすりと笑う。

「でも、楽しんでいただけたのならよかったです。できたら旅行にお連れしたかったんですけど、さすがに前日では準備できず……すみません」

「旅行？　ひょっとしてエルーカから聞いたのか？」

「はい。ご実家にいたころは、アレンさんの誕生日にはみなさんでご旅行していたんですよね。誕生日に家族旅行なんて素敵です」

「そんな大層なものでもないがな」

アレンは頬をかいて嘆息する。

シャーロットの言う通り、年に一回必ずあちこち連行された。とはいえアレンの誕生日を祝う気持ち半分、それを口実に義両親が羽を伸ばしたい気持ち半分の旅行だった。

「俺の誕生日は、叔父上に拾われた日なんだ。いわば家族が増えた日だから、家族の記念日としても祝う……という理由だな」

「そ、そうなんですか。その、アレンさんの本当の誕生日は……」

「さあな。忘れてしまった」

アレンはさらっと言う。事実なのだから仕方がない。

先日、アレンはひょんなことから過去の記憶を取り戻した。

幼いころシャーロットと出会っていたこと。クロフォード家に拾われた顚末。

しかし、それよりもっと前の記憶——本当の両親などに関する記憶は曖昧なままだ。

ハーヴェイに頼むか、もしくは自分で手を尽くせば記憶を蘇らせることは容易だろう。だがしかし、それをする意味を見いだせないため放置したままでいる。

「忘れたままでも別にかまわん。なんせ、今の俺はあの家で育ったアレン・クロフォードだからな」

「……そうですね」

シャーロットは控えめにうなずいた。

しかしそうかと思えばぐっと拳を握って意気込んでみせる。

「それでも、本当の誕生日も思い出したら教えてくださいね。そちらもちゃんとお祝いしましょう！」

「それだと年に二回も俺の誕生日を祝うことになるぞ」

「いいじゃないですか。特別な日がたくさんあるなんて素敵なことですよ」

「そんなものかなあ」

「そんなものですよ」

やけに真面目な顔で言うシャーロットに、アレンはくすりと笑う。

そこまできっぱり断言されてしまえば、特になんとも思っていなかったもうひとつの誕生日がとたんに素晴らしいものに思えてくるのだから不思議なものだ。

アレンはふっと息を吐いて笑う。

「シャーロットも言うようになってきたな。これからは俺がイケナイことを教わる番か」

「いえ、私なんてまだまだです。もっともっとアレンさんに教えていただかないと」

「それなら、期待に添えるよう精進しないとな……うん？」

アレンはふと足を止めてしまう。

暗闇に沈む木々の向こう、屋敷のある方角にかすかな明かりが見える。そこを目指して歩いてきたのだが……なぜかそちらから、街の飲み屋街かと錯覚するばかりの賑やかなざわめきが聞こえてきたのだ。

目をすがめて凝視してみると、いくつもの人影が見える気がして――。

「おい、なんだか屋敷のあたりが騒がしくないか」

「あ、もう準備万端ですね。早く行きましょう」

「これもおまえの計画のうちなのか……？」

「ふふ。ご覧になれば分かりますよ」

いたずらっぽく笑うシャーロットに誘われるがまま、ふたたび歩を進めた。

屋敷に到着して、アレンは目を丸くする。

「なんだ、この騒ぎは」

「おかえりー、おにい。先にはじめちゃってるよーん」

「シャーロットさんもお疲れ様ですにゃーん」

まず出迎えてくれたのはエルーカとミアハのふたりだ。

ふたりともグラスを片手に赤ら顔で、すっかり出来上がってしまっている。

「おや、大魔王がようやく来ましたね」

「ご無沙汰(ぶさた)しています、大魔王！」

「ラブコメしてきたっすか、アレン氏〜」

その後方ではナタリアとその学友クリス、ドロテアまでもが手を振っていた。

「やっと主役のご登場か。大魔王どの、いい酒を持ってきましたよー！」

「おうよ、今日はとことん飲もうぜ！」

他にもメーガス一行、グロー一行、魔法道具屋の店主やジル……さらには奥のほうには義両親と、現在アテナ魔法学院で療養中のシャーロットの父親などもいて、みな大いに盛り上がっていた。身内と知人が揃い踏みだ。

「まさかとは思うが、この騒ぎは……」

「もちろんアレンさんの誕生日パーティです」

シャーロットがどこからか浮かれた三角帽子を持ってきて、それをそっとアレンに被せてくる。今日の主役の完成だった。鏡を見るまでもなく、絶望的なまでに似合っていない。

一部の客たちがそれを見てぷっと噴き出したが、ぶちのめしたい衝動をぐっと堪えた。

シャーロットがキラキラした顔で続けたからだ。

「みなさんもアレンさんの誕生日をお祝いしたいっておっしゃったので、盛大なパーティをこっそり企画したんです。びっくりしましたか？」

「街で知り合いに会わなかったのはこういう理由か……」

いつもなら誰かしらに出くわすのに、今日は姿が見えなかった。

嘆息したところで、リディが飛び出してきてアレンの腰にどんっと抱き付いた。

「おかえりなのじゃ、パパ上！　あちらを見よ、リディたちが捕ってきた獲物だぞ！」

『まずはキマイラでしょ、コカトリスにグリフォンに……とにかくたくさん捕まえたよ！』

「そして、儂がそれらを見事に料理してみせましたぞ」

ドヤ顔のルゥとゴウセツの後ろには、さまざまな料理がところ狭しと並んでいた。

見た目は上等で、美味しそうな匂いも漂ってくる。魔物の肉は下処理を間違えるとあっという間に腐ってしまう。それをここまで完璧に調理したのだから、料理人の腕前が偲ばれるといううものだった。

「リディとルゥはたいしたものだが……やはりおまえが料理上手だと癪でしかないな」

「ふふふ、儂も己が完璧すぎて恐ろしいくらいです。シャーロット様の従者としてはまだまだですが」

「そろそろ動物園に着払いする頃合いかな……」

ゴウセツにジト目を向けていると、リディがぶーぶーと文句を言い始めた。

「いいから早く食べようぞ、パパ上。あんまり遅いから、リディは待ちくたびれたのじゃ」

「分かった分かった。行くか、シャーロット」

「はい。でも、その前に……」

シャーロットは改まってアレンに向き直る。

そうして今日一番の笑顔で告げることには――。

「お誕生日おめでとうございます、アレンさん。この一年がまた、アレンさんにとって素敵なものになりますように」

「ふっ、祈られるまでもなく叶うだろうさ」

アレンは心からそう確信した。

昨年はシャーロットと出会い、騒がしくもかけがえのない一年だった。シャーロットと結ばれた次の一年は、もっと素晴らしいものになるのは間違いない。

そんなふうにしてシャーロットと見つめ合っていると、あちこちで野次が上がる。

「かーっ、ここぞとばかりに見せつけてくれてんなあ！」

「誕生日だからって調子に乗るんじゃねーぞ、大魔王！」

「その通りです！　わたしのねえさまとイチャイチャしないでください！」

「やかましいわ貴様ら！　祝う気があるのか、祝う気が！」

野次に怒鳴り返して始まった宴は朝まで続き……人生でもっとも騒がしい誕生日としてアレンの記憶にたしかに刻まれたのだった。

Miwabe Sakura message

Katsura Ichiho message

あとがき

どうもご無沙汰しております。さめです。

イケナイ教原作三巻が出たのが二〇二一年七月なので、このSS集は二年ぶりの新刊となります。その間もずっとコミカライズは連載していただいておりましたが、原作がここまで空いたのに書籍の形にまとめていただけてたいへん嬉しく思います。

この二年間はいろいろなことがありました。

新型コロナで外に出られないなか、小ザメが生まれたりアニメ化が決まったりしました。

そう、アニメ化です。アニメ化!?

さめは電話で一報をいただいたとき「はあ~!?」と素で聞き返したのを覚えております。それ以外なんも覚えてません。それくらい衝撃的な知らせでした。

このSS集が出るころには放送も近付いていることかと思います。

たくさんのスタッフさんがアレンとシャーロットのことを真剣に考え、丁寧に作ってくださっています。キャストも皆さんぴったりです。どうぞお楽しみに！

さめもテレビの前でそわそわと待っております。かなり長い間夢じゃないかと疑っていましたが、もうそろそろ「おや？　夢から覚めないな？」となりつつあります。覚めないことをただ祈る毎日です。

アニメ放送を目前に控えて発売されたこちらの本はＳＳ集と銘打ってはおりますが、みわべさくら先生の描き下ろしカラーイラストやキャラデザ初期案、桂イチホ先生の描き下ろしが丸々一話載っている特盛お得パックになります。

作者の夢が詰まったような一冊です。アニメまでの予習にどうぞ。

さめも書き下ろし短編だけでなく、こぼれ話をいくつか書かせていただきました。

ここでこぼした設定は第二部で書けたらいいなあと思っております。直近だと四巻でメーガスの妹が出てくる予定です。ずっと設定だけはあったのでようやく出せるぞと意気込んでおります。

他にもまだまだ書きたい話がたくさんあるので、引き続きイケナイ教をもりもり書いていく所存です。アニメと併せて楽しんでいただければ幸いです！

いやしかし本当にアニメになるんですね……感慨深いにもほどがあります。

さめはアフレコ現場やら諸々の現場にちょくちょくお邪魔させていただいておりますが、本当に、本当にすごい……！

現段階で何をバラしていいのか分からないのでふわっとしたことしか言えませんがとにかくすごいです。ぜひぜひチェックしてください。アレンとシャーロットが『いる』……！

二〇二三年七月吉日　ふか田さめたろう

PC
PASH!
COMICS

婚約破棄された令嬢を拾った俺が、イケナイことを教え込む

～美味しいものを食べさせておしゃれをさせて、世界一幸せな少女にプロデュース!～

漫画・桂イチホ

コミックス最新⑦巻

9月1日発売予定

①～⑥巻も好評発売中

PASH UP!

URL https://pash-up.jp/

Twitter @pash__up

この本を読んでのご意見・ご感想・ファンレターをお待ちしております。
〈宛先〉 〒104-8357 東京都中央区京橋3-5-7
(株) 主婦と生活社 PASH! ブックス編集部
「ふか田さめたろう先生」「みわべさくら先生」「桂イチホ先生」係

※本書は「小説家になろう」(https://syosetu.com) に掲載されていたものを、改稿のうえ書籍化したものです。
※この作品はフィクションであり、実在の人物・団体・法律・事件などとは一切関係ありません。

婚約破棄された令嬢を拾った俺が、イケナイことを教え込む
～美味しいものを食べさせておしゃれをさせて、世界一幸せな少女にプロデュース！～ SS集

2023年8月14日 1刷発行

著者 ふか田さめたろう
イラスト みわべさくら
漫画 桂イチホ
編集人 山口純平
発行人 倉次辰男
発行所 株式会社主婦と生活社
〒104-8357 東京都中央区京橋3-5-7
03-3563-5315 (編集)
03-3563-5121 (販売)
03-3563-5125 (生産)
ホームページ https://www.shufu.co.jp
製版所 株式会社二葉企画
印刷所 大日本印刷株式会社
製本所 共同製本株式会社
デザイン 文字モジ男
編集 黒田可菜、上元いづみ

 ISBN978-4-391-16050-5